你河畔

阿 岱／著

贝 蓓／插画

中国海洋大学出版社
·青岛·

图书在版编目（ＣＩＰ）数据

桃源河畔 / 阿岱著. — 青岛：中国海洋大学出版社，
2021.12（2022.7重印）
ISBN 978-7-5670-3079-4

Ⅰ.①桃… Ⅱ.①阿… Ⅲ.①长篇小说－中国－当代
Ⅳ.①I247.5

中国版本图书馆CIP数据核字(2021)第278712号

出版发行　中国海洋大学出版社
社　　　址　青岛市香港东路23号　　邮政编码　266071
出 版 人　杨立敏
网　　　址　http://pub.ouc.edu.cn
订购电话　0532-82032573（传真）
责任编辑　孟显丽
照　　　排　青岛光合时代文化传媒有限公司
印　　　制　青岛国彩印刷股份有限公司
版　　　次　2021年12月第1版
印　　　次　2022年7月第2次印刷
成品尺寸　145mm×210mm
印　　　张　4.625
印　　　数　801~1400
字　　　数　89.4千
定　　　价　32.00元

如发现印装质量问题，请致电0532-58700166，由印刷厂负责调换。

序

沿着阳光的方向

作家阿岱先生创作的长篇小说《桃源河畔》把关注的目光锁定在了青岛城阳这片新兴的城区上。作为整个作品中的重要地标之一，在这部作品的阅读中，城阳区的历史风貌与现实场景得以完美呈现，乡土、乡风、乡亲、乡情……如同胶州湾畔的和煦阳光，让人感到既温暖而又舒服。

你会沿着阳光的方向，走近城阳这片热土；一口气读下去，你会自然而然地爱上城阳。

这部作品中的乔敬祖是一位来自台湾地区的老人。退休后，他回到故乡寻找父亲（一位中华人民共和国成立前被抓往台湾的老兵）当年的初恋——小霞。懵懂少年初开情窦，被战乱裹挟，在历史的大潮里漂泊不定。许多故事的指向，也许逃脱不掉一段相似的无奈悲情，欲说还休，不说也罢。然而，令人意想不到的是，当年的小霞（今年已经 94 岁了）还是没能摆脱命运的桎梏，面对一个植物人儿媳妇，她侍候了 20 多年！善良与坚强的因子潜伏在岁月的河流里，她以羸弱的肩头扛起一份沉甸甸的家庭责任。这个貌似平凡与卑微的生命个体，在时代的大潮面前依然是生活的主流、道德的高山。

当然，通过这次故乡之行，乔敬祖接触了许多人。其中，包括爱岗敬业、在当地干了 40 多年的邮递员纪高尚；家风清正的老太太纪玉秀；捐赠干细胞并带动全家人捐赠遗体的李奉献；义务收养残障儿的王大军、纪玉兰夫妇；将青春无悔地献给三尺讲台的教师乔焕泽；甘作上马保护神的好民警乔卫民；热心从事慈善公益事业的林枫；走向世界的民间剪纸艺术家乔国艺；回乡继承父业开辟新天地、带领乡亲共同致富的转业女兵柳绪春；将臭水沟、垃圾场变成羊毛沟湿地公园，从而带动一方天地成为蓬勃发展的新热土、实现青山绿水就是金山银山的发展理想的下崖村干部和群众；带领吕家庄奋斗 40 年走上富裕生活的老书记吕良智，等等。这些"小人物"闪亮登场，走成一个整齐雄壮的方阵。而这些人物仅仅是城阳众多好人好事中的"冰山一角"（城阳区宣传部主办了一个"城阳故事"宣传活动，每年都有数十名城阳好人被登报宣传，这些好人的感人事迹层出不穷）。我们知道，小说题材本身是虚构作品，但是，《桃源河畔》却不吝笔墨，描述了发生在城阳这片古老而充满阳光的热土上的真实故事。故事里的事，许多就是真事！那些我们熟悉的人与事，如今读来，令人深感震撼，倍感亲切。

文学，也是一门需要不断创新的艺术。虚构与非虚构的融合，现实与非现实的穿越，由此所爆发出来的艺术感染力值得"点赞"。与此同时，这部文学作品也给各个政府部门提出了一个崭新的命题：如何探索多种形式的宣传路径，让更多的人、更多的艺术表现形式汇聚在一起，从而形成澎湃激越的正能量？这或许正是我们今后需要重点努力的方向。

坦率地讲，城阳区只是青岛市辖区内的一个普通的"点"。这里每天演绎着的故事，只是城阳区的"冰山一角"。"上马四顾，阳光城阳"的感人故事层出不穷。我作为曾经的城阳区文联主席，期待有更多的作家关注城阳区，关注青岛市其他的区、市乃至中国大地上蓬勃发展的新兴城镇、新农村。

万军

目录
Contents

一

　　这是一片古老的土地，桃源河是这片土地的母亲河，她源远流长，像母亲的乳汁一样滋润着这片土地，养育着祖祖辈辈生活在河流两畔的人们。在春秋战国时期，桃源河两畔地处一个名叫不其国的小国。这里土地肥沃又临海湾，人民丰衣足食、安乐祥和。后来，不其国并入齐国，因不其城在即墨古城的南面，故称城阳。

　　乔敬祖的故乡是城阳的上马镇，现为上马街道。上马街道位于城阳中心城区以西桃源河入海口处，毗邻现在的青岛红岛高新区。红岛高新区目前是青岛最大的高新产业集聚地，上市公司、世界 500 强企业等纷纷在这里扎根，100 余个机器人产业链项目聚集此地，一家家大型商场、五星级酒店在这里崛地而起，这里已成为一片现代化产业城区。70 年前，或者数十年前，红岛还不叫红岛。乔敬祖的父亲乔有德在世时，常常回忆故乡上马。他说："上马的南面临海，上马与一座叫莲花岛的岛屿隔海相望。莲花岛与上马之间的峡湾窄而浅，退大潮的时候，峡湾中间有一条高出的岩滩像脊背一样露出水面，人们可以踩着它上岛。"不过，乔有德没有看到。后来，由于泥沙淤积、填海造田，莲花岛与上马连成了一片，名字也变成了"红岛"。

乔敬祖的故乡为什么叫"上马"呢?

乔有德在世的时候,曾多次跟乔敬祖说起过这件事。他说:"上马这里自古就出读书人,有个村出了很多秀才,人们便把这个村叫作"书香村"。乾隆年间,村里一书生中了举人,做了大官,衣锦还乡。他骑着高头大马走到村外的一块大石头前跳下马来,将马缰交给随从,自己则步行走入村里。他在村里小住了一日,拜会了长辈乡亲,离开的时候也是步行出村,一直走到村外的大石头旁,才从随从手里接过马缰跃身上马,慢慢离去。此处的那块大石头后来被父老乡亲命名为上马石,这一带便被叫作'上马'镇了。"

还有一个传说是:汉武帝当年来即墨州巡视时途经不其城,于农历六月十三日在女姑山上祭天祭海。仪式结束后,他听说不远处有一仙山神岛——莲花岛,便率群臣骑马前往观拜。他们一行来到海边正赶上落大潮,露出了龙脊一样的滩涂通道,可容人们步行上岛;不过,滩涂通道高低不平、岩礁凹凸,马匹很难行走。无奈,汉武帝下马,由随从用轿抬着上了岛。巡视回来以后,汉武帝心情大悦,大喊一声"上马",然后跃身上马。众臣紧随其后,踊跃上马,挥鞭打马,扬尘而去,马队浩浩荡荡,上马镇便由此而得名。

这两个传说都很精彩、很有内涵,反映了当地人们美好的愿望。乔敬祖更喜欢第一个传说,感觉这个传说离生活更贴近。上马镇从古至今的确出过很多有成就的读书人,也出过无数大大小小的官员。他父亲也只给他讲过第一个传说。

乔氏家族祖祖辈辈在上马镇生活，乔敬祖的父亲背井离乡去了台湾纯属意外，尽管他总说是"命中注定，在劫难逃"。

1949年5月底的一天，乔敬祖的父亲听到村北响起枪声，慌忙出门，往村后麦子地里跑去。他跑进麦子地里。麦子开始泛黄，已经有半人多高，人趴在地里，外面的人一点儿也看不到。但是那天，他却被发现了。五六个国民党军队的士兵途经麦田，一个士兵内急，站在略高的一块麦田边下撒尿，无意发现了乔有德的藏身之处。那士兵提了裤子，招呼其他几个士兵猫着腰、端着上了刺刀的枪围上去，把乔有德抓了起来，押着他去了台湾。

乔敬祖的父亲钻麦田躲兵灾已经不是第一次。第一次是躲日本兵。那年他14岁，日本人到处搜捕男丁去关东和日本岛做劳工。那天早晨，大雾弥漫，乔敬祖的父亲正扛了锄头准备出门上坡干活，对面胡同的邻居小霞气喘吁吁地跑进门，一脸惊恐地嚷道："有德，快跑，日本人来抓壮丁了！"说着，她拉着乔敬祖的父亲的手，进了正屋，打开正屋的后窗跳出屋，回头关上窗，又拉着他跑向村后的麦田。那时候麦子半熟不熟的，有半人身高。乔敬祖的父亲跑到麦田边上，听到家里大黄狗的吠叫，撒腿就要往麦田里跑。小霞一把拉住他，嘱咐他跟着她。两人顺着两排麦秸的空隙钻入麦田深处，然后慢慢伏下身，趴在两排麦秆的空隙处。过了一会儿，日本兵从麦田边走过，搜寻了半天，没发现任何蛛丝马迹，便悻悻地拖着被挑死的大黄狗和几只鸡，撤了。

乔敬祖的父亲在世时常念叨，人的命天注定，说他两次跑麦田里躲兵灾，第一次平安无事，第二次就被逮着了，真是在劫难逃。

小霞大名叫纪玉霞，她比乔敬祖的父亲大一岁，两人青梅竹马。乔敬祖的父亲回忆说，他要是没被抓到台湾，那一年他就和小霞成亲了。乔敬祖的父亲在世的时候常念叨故乡的亲人，临去世之前还特意叮嘱乔敬祖回故乡拜访一下，替他当面向小霞谢谢罪，向故乡的亲人问问好。

乔敬祖的父亲当年去了台湾，因为读过几年私塾认得不少字，人又精明能干，被他的长官看中，当了勤务兵；加上长官是山东人，便对他格外关照，送他去军校学习。他一路高升，也当了官，尽管思乡心切，但他至死也没能回到那里再看一眼那里的山水和亲人。

因为工作的原因，乔敬祖一直也没有机会回大陆回故乡替父亲了却思乡的心愿。去年，乔敬祖退休了，从退休的那一天开始，他的心就飞回了大陆，飞回了故乡上马镇。

二

　　纪高尚是上马邮局的职员。上马邮局服务区域包括上马、棘洪滩两个街道。纪高尚是一位诚实、勤劳、兢兢业业的邮政职员。他在上马邮局工作了40多年，乔有德、乔敬祖父子跟他联系了近40年。

　　两岸实行"三通"以后，纪高尚一直跟乔敬祖家保持着单线联系，联系的方式一直是书信。乔有德给城阳上马镇其他亲戚的信也都一并寄给他，由他转交，亲戚们的回信也都由他转寄，因为他是邮局的职员，又有一副热心肠。

　　乔敬祖跟纪高尚年龄差不多。纪高尚今年59岁，比乔敬祖小两岁。他们的书信来往较频繁，乔敬祖对故乡的很多信息都来自纪高尚的书信。纪高尚是一个坦诚、热情的人，一来二往的书信交流，使乔敬祖对他的生活和工作情况也了解了不少。

　　纪高尚每天凌晨三点半起床。古代人闻鸡起舞，他比鸡起得都早，而且天天如此，人们都还在睡梦中时，他就已经骑着自行车上班了。凌晨四点多钟，报纸一送到邮局，他便清点好要送的报纸，放到邮包里，骑上自行车一个个村庄、一个个小区，挨门挨户地把一份份散发着油墨香味的报纸投递到邮箱之中。

　　送完报纸天已大亮，纪高尚迎着初升的朝日返回邮局。信件、包裹这时已被运到邮局。纪高尚分拣完了之后，又骑上自行车载

着满满的信件、包裹走大街串小巷，把一封封信函、一件件包裹送进千家万户。这样的活一天要跑五六趟。不管刮风下雨，还是酷暑严寒，他都要及时地将信件送到乡亲手里。纪高尚的手几乎常年被冻疮折磨着，冬天红肿，夏天不肿了，但老是搔痒。

这些年信件少了，但是包裹多了，纪高尚又成了快递员，乡亲们都亲切地称他"快递大叔"。

纪高尚工作时十分认真，他的两本发黄的笔记本，被翻得都破了边，上面记着几百个电话号码和通信地址。20世纪八九十年代，通讯不发达，大部分人家里都没有电话，尤其是去上马一些偏远的村里送包裹，找不到收件人是常事。于是，他想方设法弄来一些对外有联系的村民的通信录，把他们家人的通信电话都记录下来，有时找不到本人，便联系他们的妻子或亲戚，尽力把包裹送到。

这些年快递包裹多了，他每天接了包裹，都要用黑色粗笔在每个包裹上写上收件人的姓名，以方便收件人认领。

40多年来，纪高尚一直骑自行车送信件，骑坏了七八辆自行车。现在邮局里的年轻人都骑摩托车或开面包车送快递，纪高尚依然骑着自行车送。他认为骑自行车方便，走街串巷方便，每天送报，订户密度大，隔个三四家就要停车投递，骑摩托车得来回打火、熄火，太浪费时间。

纪高尚是上马的活地图，也是上马的活历史，他跟乔敬祖讲了很多上马变迁的历史故事。

令人印象最深的是上马与红岛的变化。他说："以前上马东南面的海沿上有一个很大的盐厂——青岛东风盐厂，主营晒盐和养殖鲍鱼、大虾。'人民公社'那会儿，上马西南和棘洪滩的沿海填海造田，没多久沧海就变成了桑田。当时的红岛叫'革命岛'。眼看着海滩被填平了，"革命岛"与上马、棘洪滩连成了一片。但是，填海造的田并不长庄稼，老往外泛盐碱疙渣，只长草不长粮食；没办法，就种树，种来种去，还种活了一些。岛上树多了，密林遮阴。后来，'革命岛'就改成了'阴岛'。'阴岛'改了没几年，又改叫'红岛'，一直叫到现在。

红岛现在成了高新产业区，是青岛高新产业发展的龙头，上马镇同样也发生了翻天覆地的变化。"

乔敬祖记得纪高尚在一封信中用诗一样的语言描述过上马的变迁：

"在我的记忆中，少年时最难忘的是唱着'我是公社小社员……'，顶着炎炎烈日参加麦收，扛麦捆、拾麦穗……那时候，村子四周是一片片庄稼。春天里，满眼都是绿油油的麦苗；夏天来了，麦浪滚滚，闪着金色的光芒，山坡上则是青纱帐一样密密的玉米和青紫叶子混杂爬满一地的地瓜藤蔓；秋天收获了，玉米和地瓜便成了村里人的口粮，一吃一年，麦子则基本都交了公粮……

上中学的时候，咱们这里的村成立了蔬菜生产队，也种植一些水果，似乎在一夜之间，一片片绿油油的麦田变成绿色的韭菜、芹菜、菠菜、油菜……间或掺杂一些紫色的茄子以及红色的西红柿、辣椒之类。种菜是个苦营生。种庄稼一年累两季——耕

种和收获。种菜却是整年忙碌。城里的市民吃菜都讲究个鲜亮，所以，乡亲们天不亮就爬起来割菜，常常一干就干到晌午，肚子饿得咕咕叫；回来吃了饭，又得扛上农具去除草、松土、施肥、浇水……种菜如养花，得三天两头浇水。那时候电力不足，浇水的活大都是在晚上干，乡亲们几乎天天晚上轮流加班浇水，真是披星戴月地忙活。苦归苦，累归累，但是腰包鼓起来了，种菜的收入远远超过城里工人的收入。咱们村里的新瓦房一年比一年多起来，老房子也大都翻新成了新瓦房。我们家住了30多年的3间老房子也翻修成3间带一厢房的高院大墙大瓦房。再后来，20世纪90年代中期开始，咱们这里有了很多小工厂、商店、饭店……这些年来，咱们这里建起来一家家大饭店、大商场、大工厂。红岛更是发展飞速，高铁火车站、体育中心、健康养老中心、机器人制造基地纷纷建起，红岛成为一片现代化城区。

咱们上马镇也发生着日新月异的变化，直追红岛。上马已经拆迁了六七个自然村，一座座高楼大厦拔地而起，国际化的大企业也正在纷纷入驻，临近上马的棘洪滩街道的羊毛沟河已经被改造成羊毛沟湿地公园……用不了多久，咱们的上马就会和棘洪滩一样成为现代化的美丽城区……"

三

乔敬祖乘飞机先到达北京，在北京刚待了一天，便迫不及待地赶往青岛。北京的亲戚建议他乘坐高铁去青岛，可以体验一下高铁的便捷，顺便欣赏一下沿途的风光。乔敬祖听从了亲戚的建议，乘坐了高铁，五个多小时就到了青岛。

青岛确实很美，令人留恋。乔敬祖住在栈桥王子饭店，这里紧邻大海，窗外就是一片迷人的海。栈桥闪着多彩迷离的灯光，与小青岛上的灯塔闪烁的灯光遥相交映，灯光一直延伸到黛蓝色的大海深处，海面倒映着的光如梦如幻。远处的海宁静辽阔，海的最远处隐隐地有一片淡淡的远山，山上闪着淡淡的灯火……

海浪拍打着岸边的礁石、沙滩，发出有节奏的哗哗声。乔敬祖喜欢海浪拍岸的声音，便开了窗，任海浪挟着的咸腥海味儿钻入他的房间，伴他进入故乡的第一个睡梦。

一大早，纪高尚就赶到了乔敬祖下榻的饭店。两个人一见面就互相打量着。纪高尚长得很敦实，短发，国字脸，鼻正口方，紫红色皮肤，一脸喜气。乔敬祖则有一张瘦长的脸，短发板板正正，眼睛细长，目光锐利，鼻梁高挺，嘴唇很薄，皮肤白里透红，书生气很浓，看上去不像从武之人，显得比纪高尚还年轻。纪高尚上前一步，紧紧握住乔敬祖的手说，说：

"大哥，回来了……"两个人似乎有说不完的话，聊了一会，纪高尚说："咱们这就走吧，早晨的路不堵车。纪玉霞、乔孙氏两位九十四五岁的老太太听说您要去看她们，都很激动，天刚亮就打电话催我赶紧来接您。"

他们七点钟就离开栈桥王子饭店，向上马出发了。纪高尚的儿子开着宝马 X5 SUV 车。这小伙子从小就喜欢汽车，初中毕业以后专门报考了技校的汽修专业。毕业以后，他先是在一家 4S 店从事汽修工作，后来自己开了家汽修厂，慢慢地又开了一家规模不小的汽车 4S 店。

纪高尚做了 40 多年的邮递工作，今天是第一次请假。他身体很好，很少生病，偶尔有个头疼脑热、感冒发烧、拉肚子，他都咬咬牙熬了过来，从来没有影响过投递工作。

乔敬祖跟纪高尚见了面没有丝毫生疏感，他们好像是三天两头就见一面似的。一见面，他们便热烈地聊起来。乔敬祖跟纪高尚说了父亲嘱托他拜访的亲戚、朋友的名字：纪玉霞、乔孙氏、韩维礼、乔有明、乔有光、纪玉杰和柳中仁。

纪高尚沉默了好一会儿，语气有些沉重地说："您要找的这些人，除了纪玉霞、乔孙氏两位九十多岁的老太太和您二姑夫柳中仁还在，其他人都去世了。不过，他们都有后代，我可以带你去见一见他们的后代。"

乔敬祖一时不知如何作答而陷入沉默，车子里静得有些沉闷。他在心里感慨着：生命真是无常啊，老一辈一代一代

离开了这个世界。而我们这些人不知不觉也上了年纪，新的一代又成长起来。纪高尚当了爷爷，小孙子已经三岁多了。

汽车在环胶州湾公路上飞驰。公路两旁，一边是海，一边是匆匆掠过的现代化车站、工厂和一座座高楼大厦。这个城市正在以飞驰的速度向广阔的郊区延伸着。

"纪玉霞就是救过我父亲的小霞，她今年九十几岁了？"

"94 岁了。"

"真是高寿啊！她身体怎么样呢？"

"身体还行。不过，她很累，侍候瘫在床上的植物人儿媳妇 20 多年，腰都累弯了。"

"她儿媳妇是植物人？她 90 多岁的老人还照顾儿媳妇？"乔敬祖惊疑地问。

"唉，纪玉霞老太太命苦啊。不过，老太太真够硬朗的，四村八庄的人提到她没有一个不竖大拇指的。"纪高尚沉吟了一会儿，继续说道，"老太太有两个儿子，这你知道。老太太 30 岁那年，她丈夫出海遇上了风暴，从此没了音信。老太太一个人又当娘又当爹地领着两个半大孩子过日子。那个年代一个寡妇拉扯俩孩子生活真不是件容易的事，日子过得真够苦的。我和纪玉霞的小儿子纪有强是同学。小时候我们都穿补丁衣服，但是上了初中同学们就很少穿补丁衣服了，纪有强却一直穿着补丁衣服。纪玉霞就是这么硬挺着供两个儿子念完了初中。他们上班后，又帮他们找了媳妇，成了家。纪玉霞的大儿子初中毕业以后当了兵，在烟台当地找了媳妇，退役后留在了烟台。纪有强结婚后,纪玉霞跟纪有强一家人过。儿媳妇孙吉爱在镇上的水产品加工厂上班。孙吉爱知书达理,对婆婆很孝敬,性格也好,婆媳关系很好。孙吉爱生了两个孩子,都是婆婆纪玉霞帮着看大的。纪玉霞还种着几亩菜,养着一群鸡。纪有强夫妇收入虽不算高,一家人生活还是够吃够用的。日子过得和和美美的,唉⋯⋯"

纪高尚突然叹了口气,戛然止住了话题,一脸阴郁地望着窗外匆匆掠过的树木和茫茫的大海。雾气茫茫的海面上,一座大桥飞架其上,向远处的彼岸延伸而去。

乔敬祖的目光被这座飞架在海湾上气势雄伟的大桥吸引住了,他脱口问道:"那是跨海大桥吗?"

"是,胶州湾跨海大桥。"

"真壮观啊!大桥有多长呢?"

"全长近27公里。原来是世界上最长的跨海大桥,现在是世界上第二长的跨海大桥,刚刚被港珠澳大桥超过。"

"真壮观!真不得了。"

"回来的时候,时间来得及,我们拉着你上桥看看。"

车子过了跨海大桥入口,继续向北行驶;左边的海渐渐被滩涂、陆地所替代,右面路边一片片高楼正像雨后春笋一样拔地而起。

纪高尚又想到了纪玉霞,叹了口气说:"咱先去看看纪玉霞大娘吧。"

"对,对。"乔敬祖回应着,又说,"她儿媳妇成了植物人,

一直由她照顾，老人家真是受累了。"

"不是一般的累。老太太真是没的说。从她儿媳妇出事一直到现在 24 年了，老太太侍候儿媳妇都像亲闺女一样。老太太那种坚强、那种善良，没有人不竖大拇指的，她真是让人感动。去年，老太太在 93 岁生日那天被评为'感动中国女人'，上了中央电视台。"

"应该，应该，名副其实！"

"那当然是名副其实。"

"她儿媳妇是怎么变成植物人的呢？"

"2005 年冬天，快过年的时候下了一场大雪。天已经黑了下来，她儿媳孙吉爱下班过马路的时候，一辆货车跑得太快，司机刹不住车，把她撞倒了。她当场被撞昏了，送到医院抢救了好几天，做了两次大手术，也没有醒过来。做第二次手术之前，医生向家属说明情况，告诉他们手术费用要四五万，后续治疗费用会更高。病人抢救过来的可能性很大，但是抢救过来也不会有明显的意识，她的中枢神经已严重受损……纪玉霞和她儿子纪有强听明白了医生的意思，就是孙吉爱被救活了也是个不能动弹、没有反应、只会喘气的植物人。当时，肇事方一次性赔偿了 36 万，第一次手术及住院已花掉了十几万，再做手术加上后续治疗，这些钱远远不够，另外还得专人 24 小时陪护。医生告诉他们，'植物人'生命力很强，照顾得好的，活几十年的都有。谁能侍候得了呢？亲戚朋友好多人，包括孙吉爱的父亲，都劝纪玉霞和纪有强放弃。纪有强爱自己的妻子,他陷入了极度的痛苦之中。他要出去挣钱养家,儿女尚小,老母亲70岁了,血压高,患糖尿病,心脏还不好,谁来照顾妻子呢? 放弃吧? 他又做不到,他跟妻子孙吉爱从结婚到现在十多年了,从没红过脸,夫唱妇随,恩恩爱爱……两个孩子也要妈妈呀,只要有一口气,她就是个活人啊! 纪有强眼含着热泪瞅着老娘。

纪玉霞看懂了儿子的心思,她自己也不舍得放弃孙吉爱。十多年来,她拿孙吉爱一直像亲闺女一样疼爱,孙吉爱对她也像亲闺女对亲娘一样孝敬。纪玉霞温和而坚定地表了态:'救! 无论如何得救,花多少钱也得救。只要她有一口气,我们就不能放弃她;只要我还有一口气,我就把她当亲闺女一样侍候好。我没有了,我儿子也绝不会放弃她,她嫁到俺家就是俺的孩子。'当时,在场的人都流了泪。孙吉爱的父亲哭得老泪纵横,纪有强更是哭得哆嗦成了一个球。"

乔敬祖的眼泪忍不住流了下来,模糊了他的双眼。

四

　　车下了环湾高速，进入了上马镇地域。乔敬祖想象中的上马镇还是大片大片的菜地、漫山遍野的果树林木，偶尔可见一幢幢高楼。所以，当纪高尚告诉他，他们已踏上上马镇的土地时，眼前的景象让他简直不敢相信这是上马镇。路的右侧是一大片已经拆迁完的村庄，村外的山岗上果树郁郁葱葱；路的左边是一大片高楼林立的建筑工地，那些楼有的已经建成封顶，有的建了一半，有的刚刚起来地基，一座座、一排排沿路边向外延伸，一眼望不到边。脚手架林立，像一个个巨大的独臂机器人高高站立，伸着一只巨臂在楼上移动。"这场面真是宏伟壮观，在台湾从来没有见过这么大规模的建筑工地。"乔敬祖感叹道。

　　"这只是一个居民区，现在的开发公司一开发建设就是一大片。这还不是最大的，像万科城、中南世纪城等比这大多了。"纪高尚说了一大串某某城的名字。

　　"这样的小区咱上马已经有三四个了，很快整个上马都将连成一大片，成为现代化的城区了。"纪高尚很骄傲地说，好像他就是上马的规划师。

　　他们的前面出现了一个红瓦平房与楼房交混的村庄。楼房大都建在马路两旁。车子沿着穿越村庄的大道行驶了一段路，又向右行驶了一段路。纪高尚指着一大片瓦房说："前面就是书香村了，是保留得最完整的一个村庄了。纪玉霞老人就住在这个村子里。"

一提起纪玉霞，乔敬祖的心一下子又揪了起来，他像放连珠炮似的问道："她儿媳妇后来治疗得好一些了吗？还是她一个人照顾吗？她的孙辈现在都工作了吗？"

纪高尚灿烂的脸像突变的天，立刻阴沉下来。他叹了口气，说："第二次手术也没能让孙吉爱醒过来，她成了重度植物人，说实话就是个'活死人'，除了会喘气，什么反应也没有。两次手术和三个多月的住院治疗已经花光了肇事方赔偿的钱和他们家的所有积蓄。无奈之下，他们把插着尿管和食管的儿媳妇接回了家。纪玉霞一家人并不清楚，植物人究竟意味着什么，也从没想过照顾一个植物人要付出怎样的心血和汗水。他们就一个想法：只要孙吉爱还有一口气，他们就要照顾好她。

当时，纪玉霞大娘已经70多岁，身体也不是太好。但是，她似乎一下子硬朗了起来，一个人承担下了照顾孙吉爱的重担。家里需要收入维持生计。儿子是家里唯一的劳动力，纪玉霞让儿子不用挂念家里的事继续出去工作。

纪玉霞照顾儿媳妇就像照顾孩子一样，米、水都得给儿媳妇喂。喝水时，纪玉霞怕呛着她，就用汤匙一点点儿舀着喂；吃饭时，把吃的饭都剁得细碎细碎的，也是一汤匙一汤匙地喂。早上，纪玉霞一般给她喝点蜂蜜水，喂点饼干，吃一个鸡蛋羹。中午，纪玉霞把饭菜捣碎，再一口一口地喂给她。晚上，纪玉霞给她吃个香蕉和苹果，也都是用汤匙挖着喂。由于孙吉爱的神经中枢失去了功能，她不能正常排便，纪玉霞大娘除了给儿媳妇喝蜂蜜、吃香蕉外，还给她喂芦荟胶囊催便。

为了防止孙吉爱生褥疮，纪玉霞大娘天天给她擦身子，儿媳妇拉了屎及时更换垫子，帮她把身上擦拭干净。一位古稀老人要翻动一个软不拉塌、没有任何反应的100多斤沉的身子，那真不是件容易的事。纪玉霞每次给孙吉爱换垫子都累得满身大汗，心跳加速，心慌得要命；但是，她为了不让孙吉爱生褥疮，一直坚持及时给她换尿垫。后来，她慢慢掌握了孙吉爱大小便的规律。她的年龄也大了，一个人实在干不了这活了。大儿子两口子退了休，从烟台搬回来住，也加入护理队伍。孙子孙女长大了，纪玉霞大娘就安排大儿媳、小儿子和孙子孙女轮流帮她一起换垫子。有时候白天家里实在没人，她就给村里的蓝天大妈志愿者们打电话，蓝天大妈们便会马上上门帮她一起干。"

"蓝天大妈志愿者？"乔敬祖好奇地插话问道。他知道在台湾有不少志愿者团体，做一些环保、义务献血、照顾孤独老人、收养小动物之类的公益活动。那些志愿者大都是年轻人。蓝天大妈志愿者，听这名字就不是年轻人，而是一帮上了年纪的大妈。在台湾，大妈志愿者一般都在佛教寺庙里做义工，这里的大妈志愿者是做什么的呢？她们也是信佛的信徒吗？乔敬祖对她们产生了强烈的好奇心。

"蓝天大妈可是咱上马的大红人。大妈大名叫王淑爱，今年 62 岁了，能文能唱的，业余时间喜欢作词唱歌。十年前，她退休不久，凭着自己作词的一首《蓝天大妈夸青岛》竟荣获第四届 CCTV "2009 新春原创音乐会"金奖。爱好了半辈子音乐的她也没想弄出点什么名堂，没想到无心插柳柳成荫，她第一次登台就在央视舞台上拿了这么个大奖。

王淑爱从年轻时就乐善好施，这与她的母亲有很大关系。王淑爱的母亲非常善良正直，总是以一颗慈悲心善待任何人。王淑爱小的时候，经常看到母亲把乞丐叫到家里，热汤热饭地招待。王淑爱的母亲还时常教导她，人这一生不能只照顾自己，在自己力所能及的范围内尽量多帮助别人，尤其是那些贫困病弱需要帮助的人。王淑爱就是这样在母亲的言传身教之下，一直坚持多做善事、吃亏是福的信念，助人为乐早已成为她的一种习惯。她拿了大奖以后，很多地方邀请她参加演出。她选择的大多是公益性演出。她还利用自己的影响力，把四村八庄的爱心人士组织起来成立了公益组织。这个公益组织的人员都是退休的女同志，还都是咱们这里有知识、有文化的妇女，有退休女教师，有原来咱这儿医院妇产科主任，有剪纸艺术家，有市朗诵家协会的副主席，有编写山东快书的女作家，有获过省、市大奖的二胡演奏家，还有获过市级大奖的柳腔演员……"

"咱们这儿真是人才辈出啊！"乔敬祖感慨道。

"是，能人多着呢！这还只是一帮有爱心的妇女，咱这儿文化底蕴还是很深厚的，传统文化方面有捏泥人的张玉杰、做雕刻的纪有华、写书法的乔同舟、踩高跷的孙中仁……很多人都是民间高手，经常上报纸、电视，在省、市里拿奖，有的在全国都有影响力。"

乔敬祖连连称赞。

"不过，最值得尊敬的还是王淑爱这帮妇女，她们成立了蓝天大妈公益组织，三天两头去敬老院探望老人，给老人们包饺子、表演节目；把街道上婚育女青年组织起来，给她们讲科学育儿的知识，指导她们表演艺术节目；帮助四村八庄有困难的乡亲，并和不少困难家庭建立了长期资助、帮扶关系。俗话说，做一次好事容易，天天月月年年做好事就不容易了。蓝天大妈们做好事已经八年多了，她们不仅帮助许多乡亲，还把这种善心善行和大爱无私的精神传遍了四邻八村。她们在当地都是最令人尊敬的人。"

纪高尚对蓝天大妈们的敬佩是发自内心的。德有多高，境界就有多高。这帮德才兼备的蓝天大妈的境界的确高。

车子已在村口停了好长一段时间了，乔敬祖嘱咐过纪高尚的儿子，到了村口就把车停下。古人回乡探亲，到了村口都下马，他第一次回故乡更得下车步行。

他下了车，一股热风扑面吹来，风声中还夹杂着声声蝉鸣。眼前的一条老街铺满大青石板，街道两边是一色红瓦青石的民房，间或有几栋青石青瓦的老房，标志着这里是一个历史悠久的村落。高大粗壮的梧桐树、槐树、杨树生机勃勃地直立于路旁、胡同口或院落里，正值夏季来临，树上的蝉可劲儿地鸣叫着，这叫声形成蝉的交响曲。

终于踏上了这片世世代代生活的故土，一刹那，乔敬祖真正体会到了那位下马步行的古人的心情。他在心里喊道："父亲在天有灵，儿子终于回到了故乡！"一阵夹杂着故乡气息的风又吹过来，像温暖慈爱的热吻，他心中为之一颤，整个身子都在颤抖。他跪了下来，说了一句："故土，故乡，乔有德的儿子乔敬祖代表父亲乔有德给您磕头了！"他朝着这片土地，便磕了三个响头。

纪高尚慌忙过来将乔敬祖搀扶起来。乔敬祖伫立了一会儿，迈开大步走上了石板路，走了100多米，纪高尚领着他拐入一条胡同。这胡同里铺的石板相对小了许多，两边的房子也基本都是红瓦青石的大瓦房，院墙都是青石、红砖、白灰墙的，门楼也是红色的，整个胡同整齐而大方。胡同尽头唯一的一家，院墙是用一块块碎石垒起来的，墙上爬着方瓜的藤蔓，还挂着几个方瓜，大门也被岁月侵蚀得脱了油漆。纪高尚告诉乔敬祖这就是纪玉霞家。

他们推开大门，迎面是一所青瓦青石的老房子，院子里铺了沙，东侧围挡里养着几只鸡。他们走进屋里，迎面正屋北面的后窗还是木板制的窗户；后窗开着，通过后窗可以看到田地里的果树。房子里很凉爽，也很安静。纪高尚喊了一声："纪大娘。"

这时，从东间屋的门里走出一位穿着红碎细花的大姑娘，30岁左右的年龄，肤色白皙，一双大眼睛忽闪着，笑着迎出门，

问："纪大叔，有俺家的快件吗？"

"贵客上门了。"纪高尚一边喊着，一边向乔敬祖介绍说："这是孙吉爱的女儿，纪大娘的小孙女，也当妈妈了。"

他们走进东屋。只见一位老太太头发雪白，驼着背，弯着腰，一脸核桃皮一样细深的皱纹，牙都掉尽了，双颚下半部分往里紧缩着，她正用坚定又慈祥的眼光打量着他们。屋子里就一张大床，床上躺着一个女人，盖着薄薄的花布，她的旁边躺着一个白白胖胖的婴儿。

屋子里窗明几净，一点儿异味也闻不到，任谁也想象不到这是一个在床上躺了20多年的植物人的房间。

纪玉霞老人蹒跚着朝他们走来。

"纪大娘，俺三叔乔有德的儿子乔敬祖从台湾回来看您了。"

"乔有德，有德，他也回来了？"老人用一双干枯、有力、皱纹密布的手抓住乔敬祖的手，颤抖着问。

"家父去世了，他让我代他回来看望您。"

"唉？"

"他父亲，乔有德来不了了，去世了，让儿子代表他回来看望您。"

"有德也走了，都走了……"老人家的眼里流出了泪，站在一旁的孙女赶紧递给她一张纸巾。

"啊——啊——"床上躺着的儿媳妇孙吉爱突然发出几声沙哑的呼叫，眉头还皱了皱。

乔敬祖惊讶地说："她有反应？"

　　老人家淡然地走到床边，像哄孩子一样，轻轻拍打着孙吉爱说："你台湾三叔家的大哥来看咱了，你赶紧醒过来昂。"说完，她转过身来，眼里噙着泪，深情地端详着乔敬祖。

　　乔敬祖还沉浸在对孙吉爱发出声音的惊奇之中，在他的印象中，电影、电视剧里的植物人都是突然发声，然后便醒了过来，孙吉爱是不是也要苏醒了呢？他又好奇地说了一遍："她发声了呢！她有反应呢！"

　　老人家叹了一口气，声音低沉地说："唉，都说植物人没有意识，我知道她心里什么都明白。她是个植物人，她还是个大活人。刚开始的那些日子，小孙子已经懂事，承受不住这个沉重的打击，经常偷偷地流泪，本来活活泼泼的，一下子变得愁眉苦脸，出门都低着头，不愿跟邻居打招呼。我就鼓励孩子说：'孩子，只要咱们好好照料你妈妈，相信她一定能醒过来。'我嘴上这样说着，心里也常常祝福她，盼着她有一天能醒过来，孩子们真离不开她啊。"

　　老人家说着，眼泪汪汪地望着床上的孙吉爱，无奈又无望地祈盼着什么。她抹了抹眼泪，又说："我知道她什么都明白。她想孩子。我就让孩子常围拢着她。小孩子上小学、上幼儿园出门之前，我都让他们跟妈妈说声，回来也要打声招呼。小孙女当时年龄小，有时候叫妈妈，见她妈不应声，就扯她妈的手，一个劲摇着手叫妈妈……有一次，我看见她妈妈的眼角流出了眼泪，后来我又看到过好多次。尽管她妈一天到晚昏迷着，不过，我知道，她不是光会喘气、吃饭，她

心里明白，她有反应。"

　　老人家有些激动，喘息了一会儿，平静下来，又说道："十年前，也是这么个大热天，孙子考上了大学。孙子跑到他妈妈的床前，跪在床头，给他妈妈报喜，他妈妈的眼角又流出泪，她突然发出了'啊——啊——'的叫喊。我当时以为她醒过来了，上前叫她的名字，她又'啊——啊——'了两声就没反应了，眼角又流了不少泪……俺一家老小一直盼着她醒过来，盼了20多年了。她的两个孩子都成家有孩子了。现在的日子多好呀，她怎么就不能醒过来过两天好日子呢？"

　　老人家的眼泪哗哗地流出来。乔敬祖他们的眼睛也都模糊了。临别的时候，乔敬祖将父亲给老人家的两万美金的红包递给她，老人家说什么也不肯收，她说："如今，俺不缺钱了，两个儿子都往家拿钱，孙子孙女也给钱，我还有养老金，村里还有补助。我不缺钱，真不缺钱。"

　　"这是我父亲的一片心意啊！他嘱咐过我，一定要给您，您不收，我回去怎么给他的在天之灵交差呢？"

　　"不缺钱，真不缺钱了！"她语气坚定，两眼出神地凝视着他，直到眼里又盈满眼泪。

　　"大娘，您老就别客气，这真是我父亲一片至诚至真的心意。我知道您不缺钱，咱们村马上要拆迁了，您添补一下，让村里给您家个大房子，孙子孙女也可以回来住一住，帮您照顾好他们的妈妈。您老该好好休息休息，享两年清福了。"

　　她抹了抹眼泪，深深地叹息一声说："享什么清福呢？人活着就这样，不累，也不知道累了。活一天，我就要好好照料她，这也是个缘分。"

五

　　火辣辣的太阳烤着石板路，树上的知了狂鸣不止。从纪玉霞家里出来，乔敬祖的心久久难以平静，纪大娘的坚韧和爱心像台风一样激起了他内心的惊叹、感动和一种发自深层的思考。面对苦难，人都在用全力来承担强大的重负。这一重负像巨石一样压得人喘不过气来、直不起腰来。有的人被压倒了，有的人逃脱了，有的人顶住了就胜利了。纪大娘凭什么能够坚持下来，而且坚持20多年勇敢地面对这种在别人眼里难以忍受的重负呢？信念！爱心！忘我！乔敬祖把他的这些感触告诉了纪高尚，纪高尚也深有感慨。纪高尚说："确实是，像纪大娘这样的人咱这里真不少，他们确实都有一颗感人的爱心和忘我的精神。"说着，他将他的手机递给乔敬祖，说："您看看这些报道，写的都是这样无私感人的事迹。"敬祖接过手机眯着眼看了看，说："字太小，眼花了，看不清楚了，还是有劳您给我讲讲吧。"

　　纪高尚拿着手机给他讲起来。

　　"纪玉兰，咱上马街道新屯社区人。她有一个特殊的六口之家。除了膝下的一双儿女，1984年，纪玉兰、王大军夫妇又收养了16岁的残障男孩纪磊；纪玉兰母亲去世后，他们又将同样患有残障的妹妹纪玉云带到家中抚养。

　　去年冬天，有一次，我去纪玉兰家中，纪玉兰、王大军夫妇正带着纪玉云和纪磊在自家院子遛弯、晒太阳。四个人走累了就坐在小马扎上歇一会儿。虽是深冬，可太阳却暖洋洋地洒在一家人身上，好像日子本就是这么幸福美满，让人忘了纪玉云和纪磊是残障人。

　　'其实他俩很少有这么乖的时候，玉云还好一些，比较安静，吃饭、穿衣基本都能自理，但是患白内障多年、脾气又暴躁的纪磊就比较让人操心了，他要是犯起病来，一般人是控制不住的，只有我和我老伴能压下来。'王大军告诉我。

　　纪玉兰每天都要搀扶着纪磊遛遛弯。尽管纪磊早就没了生活自理能力，还经常随地大小便，但是走进纪磊的屋子，所见之处窗明几净，空气中一点异味也没有，老两口把家里里外外收拾得利利索索，任谁也看不出这家里还有两个残障的孩子。

　　30多年来，为了照顾好纪磊和纪玉云，纪玉兰夫妇二人从来没有吃过一顿热饭、睡过一顿囫囵觉，一天三顿总是先喂饱纪磊和妹妹，等俩孩子吃完了，夫妇俩再吃剩下的冷饭。晚上睡觉，夫妇俩不知起床多少回，就怕他俩冻着凉着；一旦纪磊夜里乱撞乱叫不睡觉，夫妇俩就连觉也不能睡了。'我俩少睡一会儿也没啥，主要是怕打扰了周围邻居休息。一次两次人家能理解，时间久了真是怪不好意思的。'纪玉兰这样说。她就是这么一个处处为别人着想的人。

　　这些年，即使遇到各种困难，纪玉兰夫妇也未曾想过把纪磊和纪玉云送走，每次夜里纪磊犯病大叫，第二天一大早纪玉兰都要拿点东西去邻居家赔不是。这时候，邻居都会摆摆手，不要纪玉兰送来的东西：'俺村里谁不知道纪大姐两口子是好人，一点儿血缘关系没有的人都当亲儿子一样养这么些年。纪磊晚上闹腾点我们也能理解，最主要是苦了纪大姐两口子，真是不容易啊。'

'要不是有他俩在，老纪两口子早跟着儿子上国外享福去了。'这是新屯社区居民们茶余饭后经常议论的话题。这些年，为了更好地照顾纪磊和纪玉云，纪玉兰夫妇几乎没有时间和精力去照顾自己的亲生儿女。好在儿女们都很争气，如今，大女儿是一名公务员，小儿子在国外定居生活。纪玉兰儿子王强说：'父母年纪大了，身体也一天不如一天，说实话就算是个身强力壮的成年人，同时照顾两个残障的人，时间久了身体也会吃不消。我和大姐心疼老两口，想把他们接到国外去享享清福，可是他俩说什么也不同意。我知道他俩那是放不下我小姨和我哥。'

'哪能走得了呢，除了我跟我老伴，这俩孩子谁的话也不听，吃饭也只有我俩能喂进去，别人喂，他一口也不吃，其实也没觉得有多累，习惯了，这俩孩子也带给我们很多快乐，现在让我把他们送出去，那就像剜我身上的肉。只要我和我老伴活一天，就得养他们一天。'纪玉兰常这样说。

爱心可以感化一切，你看看，连傻孩子都知道感动。她两口子的心思的确也全都用在俩傻孩子的身上了。"

纪高尚拿起保温杯，咕咚咕咚喝了几口水，说道："有时候想想人如果能把自己的身心全都用来关心和照顾别人，虽然苦点累点，心里还是挺踏实的、挺有依托的。"

乔敬祖沉吟片刻，说道："记得有人说过，人的心灵就像一个四面都是窗口的屋子，四面的风分别代表着痛苦、快乐、忧伤和幸福，你看哪面的窗户，不同的风就会吹进屋子里。人生烦恼无尽，生老病死、贫困、失落，等等，关键看你用什么心态去面对生活。"

的确，信念、心态很重要。纪高尚又讲起了刘爱珍和兰馨的事来。刘爱珍和兰馨都经历坎坷、历经磨难，但是因为有信念、有爱心，所以都很阳光。他停了一下，好像在回忆，接着说："2012年，刘爱珍改嫁到上马村社区，嫁给了乔正奇。这个勤劳朴实了一辈子的妇女，本想和老伴儿老来有个照应，安心度过晚年，谁知老天却和她开了个天大的玩笑。2013年，刘爱珍现任老伴的儿媳妇感到身体不舒服，去医院检查后才发现，竟然体内有恶性肿瘤！这个噩耗如同晴天霹雳一般，给这个不算富裕的农村家庭罩上了浓厚的阴影。恶性肿瘤可是大病，先不说钱的问题，就是照顾病人也是一个大活儿。儿子需要工作养家，孙子孙女又十分年幼，老伴乔正奇照顾起来毕竟多有不便，怎么办呢？刘爱珍二话没说，主动担负起了照顾病人的重任。

在家里，刘爱珍的身份无疑是特殊的，但是她却把患病的儿媳当作亲生女儿看待，以一颗真心对待家人。儿媳患病后，刘爱珍和家人一起忙前忙后地照顾，从未有过一丝一毫的抱怨。因为病痛，儿媳经常是情绪低落、不言不语。善良的刘爱珍看在眼里，疼在心里。每天，她除了起早贪黑地操持家务，照顾病人，更主动对儿媳进行劝导、鼓励。她的劝导虽然只是简单的几句话，却让病中的儿媳获得了极大的慰藉。

不到一年时间，儿媳因为病重撒手人寰，留下了两个年幼的孩子：大的十岁，刚刚懂人事；小的才两岁，正是蹒跚学步、牙牙学语的年纪。家庭的变故不但没有吓跑刘爱珍，反而留住了她，'我怎么能走，走了孩子谁照顾啊！'这种朴实的情感愣是让她撑了下来。日复一日，年复一年，即使碰上身体不适的日子，她也从来没有卸下过身上的担子。进了一家门，就是一家人。在刘爱珍的眼里，这两个孩子和自己的亲生孙子没啥两样，都是她最亲的人。

家人的去世对谁来说都是个沉重的话题。儿媳刚去世的时候，家里的两个孩子情绪低落，变得沉默了很多，在村里遇到了熟人也不大爱搭话。看到这种状况，刘爱珍便隔三岔五地带着孩子们出门散步；夏天坐在一起乘凉，刘爱珍也会主动找一些家里有年龄相仿的孩子的邻居，让孩子们多和别的小伙伴们接触。这虽然是一件简单的小事，却体现出了刘爱珍对他们的良苦用心。如今，他们变得比原来开朗了不少，见到家里来了客人，都会很礼貌地上前问好。小孙子更是和奶奶亲，有什么好事儿，第一时间想到的就是每天送他上学、给他准备香喷喷的饭菜的奶奶。

　　再苦的日子，熬过去了都是好日子。过往的伤痛没有让刘爱珍对生活丧失信心，反而让她更加坚强了。经历过风雨后的家庭不但没有被摧毁，反而让所有人坚定了在一条船上同舟共济的决心。说起如今的生活，她说：'我觉得挺幸福的，如今一家人和和睦睦的，孩子们也都好，我很知足。'

　　六年来，刘爱珍任劳任怨的付出都被周围的村民看在眼里。说起她，邻居们都是一个劲地竖大拇指：那真是个好人！如今在社区里，老邻居们无一不敬重她的为人。"

　　纪高尚说着说着，自己也情不自禁地竖起了大拇指。他的这个动作把乔敬祖逗得直乐。纪高尚谈兴越来越浓，接着说道：

　　"还有兰馨。兰馨是咱上马街道新屯社区的人，半岛报记者采访兰馨的时候我也在她家。她的小女儿王颖罹患罕见疾病。为了给女儿治病，家庭开支变得紧紧巴巴，日子举步维艰。从 20 世纪 90 年代村里的万元户到靠拿低保维持生计，巨大的生活落差曾让他们挣扎痛苦、焦灼忧虑。转眼 23 年过去了，一家人留给乡间邻里的印象却是阳光善良、乐于助人。去年11 月 30 日上马街道举办的'阳光上马人'颁奖活动中，兰馨一家被评为'阳光家庭'。

　　兰馨一家人在新屯社区主干路旁租了一间用来做小卖部的平房。进门后，右侧是三排货架，左侧则是 12 平方米左右的隔间。这个隔间既当卧室又当客厅。记者来时，兰馨的小女儿王颖正在床上睡觉，兰馨便走过去轻声叫醒了她。

　　王颖自十个月大的时候就患上了一种罕见病，症状表现是肌无力。为了治病，兰馨和丈夫带着女儿跑遍了全国各地大大小小的医院，针灸、中药、西药都尝试了，可最终换来的是医生的一句话：'这孩子没法治。'兰馨不放弃，搜罗民间偏方，接连尝试黑色药丸、中药泡澡、盲人按摩等各种土偏方。可时间久了，不仅女儿的病不见好转，家里的债务也是越积越多。为了减轻家里的经济压力，兰馨便租了这间平房，经营小卖部生意。平日里女儿王颖或躺或坐，在隔间的床上看门店。

　　王颖今年24岁了，却仍然不知道自己患病的根本原因。兰馨对我和记者说：'我常告诉她，事情发生了就要积极面对，命运靠自己把握，说不定哪天奇迹就来了。'王颖听了母亲的话，侧脸微笑，露出白白的牙齿，分明是个靓姑娘。

　　因女儿的病，家里早已债台高筑。一家人一点点攒钱，一点点还债。兰馨说：'我们家一定会越来越好。'更令人难以想到的是，即便日子过得这么清苦，兰馨一家人还时常捐款。她说：'我尝过苦日子，希望捐出去的钱能帮到亟须帮助的人。'

　　2013年9月，王颖发高烧，腹泻不止，肺部和肝部受到感染，血液中钾离子浓度只有常人的十分之一。兰馨收到了女儿的病危通知。

　　家庭本已不堪重负，高昂的医药费随时可能成为压死骆驼的最后一根稻草。媒体及时对她的病情做了报道，很多看到报道的市民、亲戚和同学都来到医院看她并为她捐款。众人的力量把她从鬼门关拉了回来。现在想起在病房门口的同学，来看她的亲友和市民，为她而哭的姐姐，一直悉心照顾自己的父母，王颖觉得自己仍是被爱着的。

出院后的王颖努力与命运进行着抗争。因为身体不便，她就上网寻找工作。她在微信群里找到一份给微商做图片和写宣传稿的兼职，每天至少要写 50 条广告语，还要做几十张配套图片。为了使工作效果更好，她翻看大量优秀作品，经常熬到凌晨一两点。就这样，王颖从一天能挣 150 元，慢慢地能挣到 200 元，最多时能挣 500 元。因为工作出色，王颖受邀在团队里教其他人发帖、作图，一个月又能多挣几百块钱。五个月的时间，起早贪黑工作，王颖挣了四万元。父母担心过于劳累会导致病情出现反复，就让她适可而止。现在王颖保持着看书的习惯，说书里能安放心灵。

被评为阳光家庭，兰馨一家人很高兴，女儿王颖说出了自己的看法：享受阳光的沐浴，也希望用阳光温暖他人。她还希望将来能为与她有类似遭遇的人发声，当他们的太阳。"

"真了不起！这么好的一家人会越来越好的。"乔敬祖自言自语道。

天上，大片的云彩遮住了火辣辣的太阳，天气依旧闷热，几条狗趴在树荫处乘凉，树上的知了叫成了一片。

六

　　乔敬祖和纪高尚本来想去乔敬祖的大伯家，看看大伯母。一看已临近中午，纪高尚说："中午，我请你吃顿咱这里的特色海鲜。我把乔孙氏大娘她孙子也叫来作陪。吃完饭，让他带咱去拜访乔大娘。"

　　他们乘车前往饭店。

　　纪高尚告诉乔敬祖，乔孙氏有两个女儿、两个儿子以及四个外孙、四个孙子，重孙、重外孙共八个。家风正、家教严。儿女、孙子、外孙个个有出息，都干好事（好工作），有的在济南当局长，有的在区里干处长，有的在大学做老师，有的在医院做医生，个个都很优秀。中午一起吃饭的孙子叫乔卫民，在街道派出所当指导员，是公认的好民警，乡亲们都称他是上马的保护神、群众的贴心人。

　　乔卫民有一副热心肠，做事也善于动脑筋，他总结了一套独特的工作方法，就是交民心、安民心、聚民心、暖民心、顺民心的五心工作法，也叫作"民心工作法"。他常常教导民警们说："最重要的就是交民心，人民警察就是为人民服务，为老百姓干实事的。"可是，有时候去一线执法或深入居民家中办案，有些居民看到他们的警服，心里就会有距离感，甚至会产生抵触心理，这往往会大大影响工作的进度。那时候乔卫民就在想，怎样才能让百姓们从心底里消减对他们的不信任感和距离感呢，那就是和老百姓们交心、做朋友，换位思考，想百姓所想，急百姓所急。

在一次城阳分局组织开展的"大走访"活动中，乔卫民认识了家住孙家庄社区的刘桂美老人。在与刘阿姨的交流中他得知，她退休后一直独自生活，除办理身份证之外再没有与警察打过交道，同社区许多群众一样，并不喜欢警察到自己家里来。见此情形，乔卫民心里暗暗憋了一股劲儿，一定要做些什么让老百姓能改变这种"警察到自己家里来就没好事"的观念。之后，乔卫民经常去刘阿姨家看望，并和她交流。有一次，刘阿姨的小外孙在外上学遇到了一些户籍上的困难，这可急坏了刘阿姨一家人。乔卫民得知这件事以后，紧急联系学校和街道相关部门，帮助刘阿姨解决了难题。

过后，刘阿姨紧紧握着乔卫民的手，感激地说："谢谢你，卫民。要不是你，我小孙子可能没有机会上学了，谢谢你。"

2017年6月9日黄昏时分，乔卫民带领民警在社区巡逻检查，发现路边有一位80多岁的老人颤颤巍巍地坐在路边，赶紧上前询问情况。

询问过程中，乔卫民发现老人什么都不记得了，不知道家在哪，也不知道自己叫什么名字，老人的手冰凉冰凉的。他赶紧将老人带到了附近的社区治安办公室，给老人准备了热水和吃的。在跟老人进一步的攀谈过程中，他发现老人的左手腕上有一个黄色手环，通过仔细查看能辨认出上面的电

话号码。随后，他联系到了老人的女婿。

老人的家人接到电话后立即赶到了社区治安办公室，说老人已经走丢四个小时了，家人都心急如焚。因为老人年事已高、行动不便，而且什么都不记得，所以，家人生怕老人出什么事。

不久前，乔卫民接到一个男青年的电话。这位男青年在电话说，昨晚他跟他对象吵了一架，还提出分手。今天早晨出差去济南，临出门前，他又跟她大吵了一架。吵架时，她曾威胁他说，他若真跟她分手，她就死。在高铁上，他用了一个多小时也未拨通她的电话。乔卫民听到这里当即打断男青年的话，问他对象现在在什么地方，男青年说在家里。乔卫民问明了地址，第一时间联系开锁师傅，带了民警火速赶到女青年家中。开门进去一看，女青年躺在沙发上，一只手斜垂着，血已流了一大片，已经昏迷。乔卫民立即打了120，将女青年送往医院。由于抢救及时，女青年脱离了生命危险，捡回了一条命。

乔卫民就是"及时雨"，哪里有困难和危险，哪里就会出现他的身影。这么多年，他几乎走遍了所辖片区的家家户户，一些家中有困难的重点户，他更是熟门熟路。大家都把他当作"贴心人"，对他十分信赖。他的手机24小时开机，那些困难户、重点户都知道他的手机号码，平均一天他得接一两百个电话。只要是居民打来的电话，不管什么事，对他来说都是大事，他都会耐心接听、认真处理。

乔卫民是个出了名的"乐天派"和"好脾气"。不过，别看他整天笑眯眯、乐呵呵的，真遇上案子，他好像立即换了个人，机警精明，果断利落，雷厉风行，像电影里的英雄警察一样。他既当过特种兵，又做过刑警，职业的训练让他具备了这种素质。他还研究过犯罪心理学，记忆力也超强，见过人一面，多少年后，仍能清清楚楚记住这个人的相貌。他所管辖的片区，每个社区有多少人、多少户、多少个单元，甚至谁家住某某楼某某单元某某户，他都如数家珍。他还是个半马运动员，他的这种长跑能力还真发挥过作用。

大前年，春节前的一天深夜，他下班回家走到上马商贸城附近，突然听到有人呼喊："抓小偷。"他顺着呼救声看过去，昏暗的灯光照着大街上，一名女子正在大叫着追赶一个手拿女士挎包的青年男子。他意识到那男子应该是个"抢包贼"，便撒腿追了上去，很快便逼近了"抢包贼"。那毛贼一看情况不妙，钻进小胡同东串西拐出村庄上了大马路，顺着公路撒开腿猛跑。

跑出五六里路，乔卫民越来越逼近"抢包贼"。毛贼受不了了，突然使出"金蝉脱壳"计，将抢来的包猛地扔进路边的树丛中。乔卫民钻进树丛捡起包，又追了上去。

路上车辆不时驶过，夜已很深，不见一个路人。乔卫民加速追赶，又追出四五里路，毛贼明显没了力气，身子摇晃着、拼命挣扎着继续往前跑。乔卫民渐渐逼近他。此时，他们已从上马镇跑到市内。那毛贼实在坚持不住了，一屁股瘫坐在人行道上。乔卫民追到他的跟前，那毛贼坐在地上大口大口地喘息着，满身大汗，湿淋淋的头发遮住的眼睛里冒着怨恨的光。他恶狠狠地问道："我，我都把包还给你了，你还不算完！你要干什么呢？"说着，他拔出了一把尖刀，眼放凶光盯着乔卫民。乔卫民也是满身大汗，但是他心不慌、气不大喘，坚定地回答道："你这样的害群之马，不把你绳之以法，你再继续害人怎么能行！"说着，他做好了防备对方的姿势，顺手掏出证件亮明身份。

那毛贼先是一怔，然后扔了刀子放声大哭起来："大哥，警察大哥，你饶了我吧。我家有80岁的老母需要赡养。我出来打工，辛辛苦苦干了一年，老板又不给钱，我连过年都回不了家。"

乔卫民上前将毛贼的短刀踢向一边，将他控制起来，说："上所里再说吧。"然后他打了110，将他带到当地派出所。

有一年冬天，也是一个深夜。天很冷，路上不见一个行人。乔卫民带着一位民警开着警车巡逻。他看到路边有两个人在抬着一个重物疾走，便立即警觉起来，指挥民警将车开过去，准备停车盘问。车刚刚靠上去停下来，两个男人见是闪着警灯的警车，扔下重物撒腿便跑，乔卫民下了车，三步两步跃到前面拦住他们，另一位民警也跑过来，两人一起将两个男人控制住。检查后，乔卫民发现，两个打工青年抬的是一大捆电缆线。乔卫民将两人带回去一查，两人原来都在附近的电缆厂上班，监守自盗，趁厂里休假，盗窃仓库里的电缆，准备当废铜卖给收废品。

乔敬祖和纪高尚父子赶到酒店时，乔卫民已在酒店等候。他高大魁梧，腰板笔直，大头大耳朵，一双眼睛不大，总是笑眯眯的。他领着乔敬祖一行上了酒店二楼的一个包间。包间里很凉爽，空调提前打开了。从包间的窗户往外看出去，是一大片现代化的楼群。

纪高尚让儿子和乔卫民下去点菜，他陪着乔敬祖喝茶聊天。

乔敬祖指着窗外数百米远处那一片林立的高楼，问纪高尚："这是什么地方。"

纪高尚说："那片小区是上马最大的居民区。你们家祖上的老房子原来就在那里，早拆迁了，一共拆迁了三个村，搬迁了将近2000户，建了这片商住城——上马城。这座城总面积150万平方米，总建筑面积50多万平方米，有十几栋办公大楼、别墅区、住宅区，还有市民健身中心、青岛市北部医疗中心、奥特莱斯大商场等，紧邻地铁8号线、10号线、16号线。从这儿坐地铁到新机场不到20分钟，到市中心不用半个小时。乔孙氏大娘家就住在这里，乔大娘住在前面临河的联排别墅里。"

乔卫民点完菜回来，大家落座。纪高尚按当地礼仪让乔敬祖坐在右上首。菜很快上来了，有个头不大的花纹壳红岛蛤蜊、海藻菜熬的凉粉、海末货、当地特产的海蛎虾，还有海蜇凉粉、辣根海蜇头、海蜇瓜子炖拉瓜、葱炒海蜇边、海蜇里子炒白菜、海蜇脑子炒鸡蛋、一条甜晒白鳞鱼。

乔敬祖见上了这么多菜，很是过意不去，说："点这么多菜，太让你们破费了，吃不了浪费，大可不必。"

乔卫民说："叔，不用客气。本来不想点这么多菜，今天是海蜇节，饭店老板听说您从台湾远道而来，特意做了一套海蜇宴让您尝尝。我让老板都做了小份的菜，不会浪费太多。"

"海蜇节？咱这儿还有海蜇节？"乔敬祖好奇地问。

"不光海蜇节，还有蛤蜊节呢！海蜇节已经举办了八届了。每年入了伏，大量的海蜇就靠了岸，红岛的渔民每天开着船下海捕捞，一艘船一天要出海两三次，一天能捕捞上千斤。海蜇上船后，渔民们就手工加工，保证了海蜇的新鲜度和干净度，船上岸后再进行加工，将海蜇皮、海蜇脑子等一一分开。当地人用海蜇可以做成十余道菜。来不及鲜吃的就加工晾晒，腌制成成品海蜇自吃或外销。这些年，咱这出海的渔民少了，大部分都是应应景，为了海蜇节才出海。"

"来，咱别光说，先喝酒尝尝菜。"纪高尚举起酒杯，与乔敬祖碰杯，他们两人将泛着泡沫的青岛啤酒一饮而尽。

乔卫民没喝酒，说："有纪律规定，中午不准喝酒，晚上我准备了瓶茅台再陪叔喝两杯。"

故乡的海货的确鲜嫩，比台湾的好吃很多。红岛蛤蜊个头虽小，吃一个满口鲜嫩，乔敬祖忍不住吃了一大堆。蛎虾也鲜嫩。那些各种各样的海蜇菜更让乔敬祖大饱了眼福和口福，还有那海凉粉，入口滑滑的不用嚼几口就化了，真是又爽又美味。海末货和甜晒的一撸鲜白鳞鱼也是味道独特，又香又鲜。

乔敬祖一边品尝一边称赞着菜品的鲜美。说着说着，他们的话题自然又谈到乔敬祖的大伯母乔孙氏身上。乔敬祖父亲兄弟三个,他老小。乔敬祖大伯(故乡称大爹)84岁去世,大伯母(故乡称大娘)今年96岁,身体依然硬朗。大伯家已经成人的子女、孙子、孙女有12人,个个都是大学生,乔敬祖堂兄、堂姐也都通过函授、党校大学毕了业。乔敬祖听说大陆农村的教育也就近些年水平才普遍提高,大伯家的后代们为什么都这么好学、上进、有出息呢?

乔敬祖把这个问题提了出来。

乔卫民笑笑说:"俺奶奶从小到大没读过一天书,目不识丁成了她心中抹不去的痛。她虽然大字不识一个,却知道诗书传家的大道理,所以很重视子女的教育。当年生活困难,为了让俺父亲、二爹和两个姑姑读书,她真是省吃俭用、精打细算到了极点,坚持供四个子女上完了高中,俺小姑还考上了医学院。

当时,在咱这里读高中的寥寥无几,上大学的更是凤毛麟角。俺小姑考上大学,俺奶奶看到大红的录取通知书,笑得半天合不拢嘴,把通知书捧在手里,朝着四方天空拜了又拜……后来,家里经济条件好了,教育水平也提高了,俺这些孙辈们都考上了大学。俺这些孙辈们不管是谁、不管是男是女,只要考上大学,爷爷、奶奶都给发个两千元的红包表示祝贺。"

乔卫民顿住了话语,坐在那里端着茶杯,脸上浮现着甜蜜的笑容,身子一动不动,沉浸在对往事的回忆中。他喝了一口茶继续说道:"我们这些后辈都以优良的成绩考上了比较理想的大学也得感谢俺奶奶。一是她给我们这个大家庭树立

了崇学重教的观念，我们的父辈都接受了较好的教育，使我们每个家庭都把子女的教育当成第一重要的事情，子女都把念好书、考好学当成自己的责任和理想。二是使我们每个家庭、每个人都养成了好学上进的习惯。俺奶奶天天念叨：人就是个欲念虫子，不克制自己，不拒绝吃喝玩乐的欲念，吃不了苦中苦就成不了人上人。我们家家户户有电视，但是除了周末、节假日，几乎都不看电视。俺奶奶有个硬性规定，家里有上学的一律不准看电视。她自己也身体力行，每天只看央视的《新闻联播》，看完《新闻联播》马上关了电视。近几年白天家里没人，她一个人为了打发寂寞也看看电视剧。我们每家几十年了一直严格遵照俺奶奶这一条规定，平常都不看电视，孩子也不准玩手机、玩游戏，晚上都看书学习。这个习惯让俺爸、俺大爹和大姑都自学上完了大学，俺兄弟姊妹们都考上了大学，毕业以后工作多年也都保持着读书和学习的习惯，我们的孩子们学习也都很好……"

纪高尚很惊讶，感叹道："不看电视，不玩手机，几十年不看电视真不容易。你看看现在的家庭到了晚上家家开着电视追剧，年轻人和孩子哪个不是一天到晚抱着手机聊天打游戏？云鹏，你们好好学学昂！"他朝儿子半嗔半怨地喊了一句。

"老太太真有威望。"乔敬祖赞叹道。

"老太太看上去慈眉善目，爱说爱笑的，真动了怒发起脾气来可有煞威了。连俺爷爷当年都惧她三分。

俺爸爸小时候很顽皮。十来岁时，那年秋天的一个大中午，他爬进生产队的花生地里挖花生吃，被邻居大婶看到，告诉了俺奶奶。他一回家，连饭还没吃就被俺奶奶叫到俺奶奶和爷爷的房间里。

俺爸爸进了屋，俺奶奶一脸冰霜，眉头锁紧又打开，打开又锁紧，看起来既伤心又愤怒。她大喝一声：'跪下！'俺爸爸吓得浑身打了个激灵。他的脚下摆着一个蒲团，看来是早有准备，他顺从地跪在了蒲团上。'你怎么不学好呢？人可以有穷命，但不可以有穷骨头。'俺爸爸知道自己偷花生的事被人告发了，心里又恼又愧，闷着头不吱声。'小时偷针，大时偷金。人一旦有了贪心什么恶事都会越做越多、越做越大，就会越来越不计后果，被贪心引领走上绝路，古往今来，戏里唱的、故事里讲的都是这样。你现在贪吃个花生去偷花生，将来大了喜欢钱就去偷钱，去拿不该自己拿的东西。'俺爸爸跪在那里头越来越低，红着脸，一声不言语。'今天，也不打你也不骂你。就罚你跪一炷香的时间，好好思虑思虑。'说完，俺奶奶转身出了门，到正屋安排一大家子人吃饭去了。俺奶奶就是这么有煞威。这些话……"

卫民的手机响了。他接完电话，接着说："这些话，俺奶奶常常挂在嘴上，俺爸爸跟俺大爹和俺这些兄弟姊妹们回家团聚，她时不时就会絮叨絮叨。她倒不是揭俺爸短，而是提醒我们别贪心太重。用她的话说，人挣的钱再多，家财万贯、金银满堂，到死的时候什么也带不走。人活着，一瓢水、一碗饭、一席地也就足够了，多了都是多余的……"

卫民的手机又响了，这一次的电话比较麻烦，好像是两家邻居闹起来了，卫民起身离席去接电话。

纪高尚这个万家通，接着卫民的话说道："老太太的确勤俭。嘴里最常念叨的就是几句话：衣服不用买得多，够穿就行；吃得不用多丰盛，能吃饱就行。日子是过出来的，勤俭持家家业兴。每次家庭在外聚餐，她都要叮嘱大人们把没吃完的菜打包，不要浪费。老太太这种勤俭持家的优良品德和传统，不仅使子女家的日子都过得富裕，更培养了子女们节俭的习惯。一大家子人不论当官的，还是当医生、做老师的，个个都清正廉洁让人敬佩。"

纪高尚停顿了一下，端起酒杯说："来，干一杯，光顾着说话了。"他笑笑，继续说道："乔大娘自家日子过得勤俭，但是村子里谁家有困难，她知道了都会很慷慨大方地资助；就连邻村的人家有了困难，她知道了也一样资助。下马村有两个十多岁的男孩子，父母出车祸双双离世，两个孩子成了孤儿。乔大娘知道了这事，心里难受了好几天，多方打听到孩子的下落。听说孩子被她外孙女婿林枫收养了，又听说林枫已经收养了七个孤儿，乔大娘心里又喜又忧。她知道林枫两口子都是工薪阶层，两口子尽管收入很高，但是养七八个孩子也很吃力。她坚持每年给这两个男孩资助两千元，让林枫贴补一下供孩子上大学。

林枫开始坚决不要，后来见乔大娘坚持便答应下来。他把乔大娘每年资助两个孩子的钱，又资助给了山区的两个孩子。乔大娘后来听说林枫组织了一个'快乐沙'公益组织，专门帮助贫困家庭的孩子，便加入了'快乐沙'公益组织，成了'快乐沙'的积极成员。乔大娘常念叨：万般算计，不如行善积德、厚德养家、与人为善、自己得善。朴素的境界，实实在在的善举，也影响和带动了她的后辈。他们一大家子人，心地都很善良。"

七

　　纪高尚和乔敬祖干了一杯青啤，然后点了一支烟，吸一口，吐出一片烟雾，乘着酒兴说道："林枫是乔孙氏的外孙女婿，他的事迹感动了很多人，上了好几次报纸。"纪高尚说着，停了一会，若有所思，继续说道："春节前，我领记者去他家采访过他，我就把记者采访了解的情况给您简单说说。林枫，是上马街道林家社区人，今年40岁。作为一名有着25年军龄的老兵，他在部队时就一直默默参与公益慈善事业。脱下军装后，他依然保持军人本色，从一名公益事业的热心参与者，成为一名专职慈善公益人，尽己所能地帮助他人。

　　林枫从部队转业5年多了。现在，林枫已习惯并深深爱上专职公益人的生活。

　　林枫是从2000年夏天开始走上公益道路的。一天，在青岛市李村街头，林枫偶遇一对带着双胞胎儿子卖唱求学费的盲人夫妇。没人会想到，这一次的偶遇却让林枫和这对双胞胎结下了一段不解之缘。

　　那天回家以后，林枫的脑子里总是回放着那对盲人夫妻俩拉的二胡声。盲人夫妇俩拉的是一首《十五的月亮》，拉的其实很好听，但是不知道为什么他心里特别难受。俩孩子就在父母旁边，脸上没什么表情，却让人心疼。这俩孩子一个叫张晓、一个叫张宏。林枫想一定得为他们做点什么。从那天起，林枫走上了长达 10 年的助学之路。10 年间，他曾 26 次走进大山，鼓励着这对双胞胎兄弟完成人生的蜕变。2009 年，张晓、张宏兄弟二人考入大学。现在两兄弟已经毕业，一个成为军官，一个成为海尔集团的财务骨干。

2011 年，林枫倡议成立了'快乐沙'公益组织。人们对'快乐沙'这个名字感到好奇，林枫微笑着解释道：'尽管我们每个人微小得就像一粒沙子，但是帮助别人这种事，就像积沙成塔，好事做多了，就给社会传递强大的正能量，别人获得帮助，自己也感到很快乐。所以，我们以'快乐沙'为公益组织命名。'

在山东临沂革命老区助学时，林枫看到一所小学，破旧的房子透风漏雨，孩子们玩耍的土操场坑坑洼洼，他心里感到特别难受。回到青岛后，他一直琢磨着能否改建一下学校，让孩子们有个好一点的环境。随后，他积极发动周围人捐款出资，筹集到 25 万元爱心款支持学校建设。当地政府和教育部门为了让孩子们铭记林枫和'快乐沙'成员们的善举，将这所小学命名为'快乐沙小学'。这些年，只要一有时间，林枫都会和'快乐沙'团队成员来到快乐沙小学，和孩子们一起开展主题活动。看着孩子们脸上露出幸福纯真的笑容时，林枫感慨道：'我只希望尽我们所能，给孩子们营造一个健康快乐的学习环境，看到他们茁壮成长，一切的努力都是值得的。'

林枫说：看着这些小家伙们一个个长大成人，我打心眼儿里高兴。他们还经常管着我，说我身体不好不让我喝酒，别人家顶多是老婆孩子两个人一起管着，我这是八个人一块施压。怎么说呢，就像是甜蜜的负担吧。'现在七个孩子中，除了年纪最小的还在读高中，大部分都已成家立业。对此，林枫感到很欣慰。逢年过节孩子们也总是大包小包地提着东西来看望林枫夫妇。林枫和孩子们还有个自己的微信群，平时大家也经常在群里聊天，十分亲近。林枫说，从来不觉得自己是这些孩子们的恩人，只觉得是他们的亲人，是真正的家人。"

纪高尚讲完了。他喝了口水，润润嗓子，看着乔敬祖，笑着说："敬祖哥，我讲得挺啰唆，是吧？"

"不啰唆，我在洗耳恭听呢。接着讲，我很想知道他们这个大家族更多的事情。他们家不是有两个医生吗？"

"对，乔孙氏的小女儿和大外孙女都是医生，一个是青医附院的妇科主任；一个是咱上马社区医院的医生，叫辛维敏，是乔孙氏大女儿的女儿，她毕业以后分在郑州人民医院，为了爱情返回上马，在社区医院工作。"

"为了爱情？"乔敬祖问。

"是，与她青梅竹马长大的纪国强大学毕业以后回乡创办了科创公司。他们俩高中就恋爱了，谈了八年，辛维敏就是为了他才回来的。"纪高尚回答道。

"了不起，真了不起！她现在还在社区医院吗？干得怎么样呢？"乔敬祖急切地问道。

"在，干得很好。咱这儿有这么高水平的医生，是乡亲们

的福分。"纪高尚接着说道:

"辛维敏模样像她姥姥,性格也很像,有股侠气。她在郑州人民医院工作时,有一天晚上,她下了班,已出医院大门,看到几个人围着一对母女,女孩也就十岁左右,母女哭得跟泪人似的。她上前一问,得知女孩患先天心脏病,需要手术,但是女孩的父亲两年前遭车祸死了,母亲又没什么工作,做手术需要一万四千块钱,她们拿不出这么多钱。辛维敏上前拉起母女俩,领她们去附近宾馆住下。第二天,她又带她们到医院住上院,自己垫上钱,给小女孩做了心脏手术。事后,那个小女孩挺有心的,每年过年都带着家乡的土特产看望辛维敏。辛维敏回到青岛,小姑娘还千里迢迢地跑来看望她。辛维敏很感动也很过意不去。她跟小姑娘说:帮助别人是应该的,没有报恩报一辈子的,以后不需要跑这么远来看我了。你的心意我领了,但不要成为咱们彼此的负担,只要你好好学习,长大以后成为一个有用的人,多帮助别人,就是对我的最好报答。小姑娘后来考上了中国政法大学,毕业以后做了律师,无偿帮很多贫困的人打赢了官司。

2003年辛维敏从郑州人民医院回来的,回来就到社区卫生服务中心工作。她本以为这里的工作会相对轻松点,来了以后才知道,原来基层医疗工作并不比大医院的工作轻松,甚至更加复杂烦琐。从医以来,她一直怀着真心去对待每一位患者,无论多忙多累,她也从来不对患者甩脸子。她说:'因为社区卫生服务中心所面对的患者,更多的是周边社区的居民,只要不是什么大病，他们更愿意来我们这儿看一看，吃个药，打个针，所以我感觉自己身上的责任更重了。乡亲们把自己的健康交给我，那就是信任我，无论如何也得为他们医治好。'

前段时间，家住东程社区的韩阿姨来找辛维敏看诊，辛维敏看韩阿姨来的时候精神有些恍惚，说浑身不舒服。心脏老难受，后背痛。辛维敏初步怀疑韩阿姨过度悲伤，有轻微的心碎综合征。辛维敏让韩阿姨去青医附院做了心脏 B 超检查，验证了她的判断，经过青医附院医生的治疗，韩阿姨的心脏很快恢复了健康，辛维敏知道韩阿姨的病根是过度悲伤，就让韩阿姨有时间可以经常跟她微信聊天或者来找她玩。在辛维敏的开导之下，韩阿姨的心情好了很多，身体状况也越来越好。

家里人就说辛维敏从小就是个倔脾气，认准的事儿十头牛也拉不回来。大学报志愿的时候父母说女孩子考个师范学校毕业后当个老师就挺好，安安稳稳的还有固定节假日，可辛维敏心里却有自己的打算，她想要跟小姨一样当医生。如今当了医生，辛维敏依然保持自己的倔脾气。她这份儿倔，源于内心对患者的责任和担当。

前几年，在老年人中流传着一种说法，说打疏通血管的针可以减缓脑血栓和高血压等老年疾病，周边社区好多大爷大妈就来社区卫生服务中心，让辛维敏给他们打这种疏通血管的针，但是都被辛维敏拒绝了。

她说，其实老年人想通过各种方法预防和治疗这些老年病的心情是可以理解的，但一定不能盲目。'打针疏通血管'这种说法并没有科学依据，也没有临床医学证明它是否真的有效，怎么可能随便就给他们打？所以她每次都会跟大妈大爷们耐心解释，医学上专业的说法他们可能接受不了，那她就用通俗的话跟他们沟通，说这儿不给打也不能让他们到别的地方去上当受骗。做医生的，首先你得对得起患者，对得起自己的良心。

辛维敏坐诊的全科诊室不足十平方米且四季开放，意味着这里没有节假日。去年的除夕，辛维敏就是在值班中过的。当时我正去给她送一个快递，问她阖家团圆的日子自己却要在诊室值班是否委屈时，辛维敏笑着说：'有啥委屈的，我爱人和女儿给我送了饺子，这除夕就算团圆了。再说诊室总得有人值班，万一有个什么突发的疾病，诊室里一个大夫也不在，耽误了病情可就麻烦了。'"

纪高尚见乔敬祖听得聚精会神的，心里很高兴，说得更来劲了，他说："乔孙氏老太太最喜欢的孙子辈是她的孙女乔国艺。乔国艺是乔孙氏大孙女的艺名，现在都叫她的这个艺名。她的剪纸艺术，已经走向了世界，在纽约讲课、展览。"纪高尚略一停顿，继续说道："剪纸又称剪花、窗花，是一项历史悠久的民间工艺。乔国艺是一名普通的退休教师，把剪纸当作最大的爱好，也让她无意中成了剪纸名人。她是中国民间文艺家协会剪纸艺术委员会会员、青岛市剪纸艺术馆馆长。

　　小狗与刺猬、黛玉葬花、花好月圆、穆桂英挂帅……在乔国艺的家里，珍藏着许多剪纸作品，每一幅都活灵活现、惟妙惟肖。她说，剪纸是自己的一种心灵寄托，而每一幅作品就像自己的孩子一样。

　　14 岁那年乔国艺与剪纸意外结缘，一把剪刀一拿就是 35 年。'剪纸可以把我的生活化零为整，可以让我忘却忧愁烦恼。给我一把剪刀，我愿剪出整个世界。'乔国艺曾对我说。退休之前，下班回到家她总爱先剪上一剪，有时上瘾了甚至会忘记吃饭和睡觉。

　　人物是剪纸中最难的，乔国艺的剪纸人物却能做到个个形神兼备。'黛玉的肩膀要剪得单薄微翘才能显出傲骨来，凤姐的眉毛上挑，精明干练的表情一下子就出来了。'乔国艺说。她爱读《红楼梦》，也爱剪里面的人物，迄今为止已经剪了近 100 个人物。而早在 1989 年，她的一套《红楼梦人物》剪纸就在'全国首届工艺美术名艺人佳品展'上获过奖。

　　一次，乔国艺刚在外忙完回到家，还没等喝上一口水，社区里的一位老人就火急火燎地来找她帮忙。老人说她儿子明天结婚，让乔国艺赶快帮忙剪一对狮子。乔国艺二话不说，拿起剪刀、红纸就开始创作起来，不一会儿，两只逼真的狮子就诞生了。

　　上马街道东程社区有 465 户居民，这么多年来不管谁家办喜事需要用到剪纸，都会想到他们的免费剪纸师乔国艺。有一次，一位老乡非要给她钱，咋拒绝都不好使，她就直接撂了句狠话——给钱以后就不帮了。性格爽朗的乔国艺，有着一颗热忱的心。她说：'别说是乡里乡亲，就算是外人咱也不能要这份钱，剪纸于我是收获快乐的途径，不是赚钱的方式。'

剪纸不仅仅只是一项传统工艺，每幅作品的背后都有它独特的生活折射和寓意。一张剪纸就是一个故事，这是属于我们中国人自己的故事。《故乡印象·送饭》这一作品就是乔国艺根据自己童年收麦子的回忆而创作的。她说那个年代、那段岁月，令她铭记一生。为了让更多的人了解剪纸，更好地把剪纸这项工艺传承下去，乔国艺将自己多年的剪纸技艺心得汇编成书，并作为教材为当地中小学和周边社区义务开设剪纸课程，激发大家对优秀传统文化的兴趣。"

纪高尚似乎意犹未尽，他喝了一杯酒，又说道："前面说的这些人都是在上马的，乔孙氏家的后人，在外地的有五个，个个也都是好样的。她的小儿子在济南市公安局干副局长，破了很多大案子，立了很多大功，省里表扬是常事，公安部都表彰过他、给他记过功。小女儿是青医附院妇科主任，技术高明，还是什么学科带头人。一个外孙在北京的大学当教授，一个孙子一个孙女在咱青岛市统计局和卫计委干事，都是干部。人家这些人个个廉洁清正、心眼好、乐于助人。不管哪儿的人，认识他们的，提起来，没有不竖大拇指的。"

八

窗外的烈日明晃晃地灼烧着大地，树上的知了叫成了一片，渲染着天气的炎热。

乔卫民打完电话回来，一脸歉意地说："叔，不好意思，有个纠纷，电话里解决不了，我要马上赶过去处理，不能陪您了，我晚上再陪您。"说完，他匆匆忙忙拿着帽子出了门。

纪高尚的儿子开车去送他。纪高尚喝了两瓶啤酒有些内急，也急忙去方便。房间里只剩乔敬祖一个人，他独坐无聊，看到酒柜上有一份报纸，便起身拿过来翻看。报纸是一份半岛都市报，乔敬祖一翻翻出一叠《城阳新闻》专刊，其中有篇文章吸引了乔敬祖。

文章占用了一个整版，大标题是"捐献干细胞的小伙，一家四口又要捐献遗体"。

捐献遗体在台湾也很少见，这里竟然有一家四口人一起捐献遗体，的确令人惊讶。乔敬祖看简化字的报纸有些吃力，但是，好奇心还是让乔敬祖认认真真地捧着半岛都市报《城阳新闻》一字一句地看起来。

捐献干细胞的小伙，一家四口又要捐献遗体

11年前，城阳区上马街道北程社区居民小伙李奉献刚满18岁，那时的他在岛城首例造血干细胞捐献者谢振华事迹的

影响下，萌生了成为一名献血志愿者的想法。11 年来，助人为乐不仅是他的信念，更融入了他的生活，无偿献血、捐资助学是他的常态。2016 年 10 月，他终于得偿所愿，成为岛城第 67 例造血干细胞捐献者。7 个月后，2017 年 5 月，他再次联系城阳区红十字会要求捐献遗体。不过，这一次是一家四口，除了他自己外，还有他的妻子和父母。这也是城阳区首例一家四口遗体捐献。李奉献的父亲在 2017 年 7 月 31 日突然晕倒抢救无效去世。李奉献帮父亲办理了遗体捐献交接手续，实现了生前夙愿，这也是青岛市第 703 例遗体捐献。多年来，李奉献把青春岁月，默默地奉献给了社会，关爱弱势群体，帮助贫困学生，全身心地投入公益事业……他用一颗真诚善良的心，传递着爱心，传播着文明，用实际行动，诠释了一名青年志愿者不怕困难、甘于奉献的精神。

遗体捐献 全家响应

今年 5 月份，城阳区红十字会接到李奉献的电话。电话中李奉献表示，要捐献遗体器官。"对此我们并不意外，因为很早以前他就表达过这种想法。"工作人员说。不过，听他说完后，工作人员还是有些意外，因为这次要捐献的竟是一家四口。这也是城阳区首例一家四口遗体捐献。对于他，工作人员非常熟悉，7 个月前，还曾一起赴济南捐献造血干细胞，也成为岛城第 67 例、城阳区第 10 例造血干细胞捐献者。"捐献遗体是由父亲先提出来的。"李奉献说。三四年前，在一档电视节目中，父亲第一次接触遗体捐献；后来的一次聊天中，父亲说，

等自己去世后，要求儿女将遗体捐了，用作医学研究，这样既可以省去儿女的麻烦，说不定还能救人。

一家人生活在农村，当时很多亲友不理解这种做法，李奉献没有立刻答应父亲。李奉献的顾虑并不是空穴来风，记得去年捐献造血干细胞时，很多亲朋好友都提出反对意见，自己赴济南捐献时，甚至有好友非要开车将他接回来。捐献结束后，看到李奉献健健康康回家，加上媒体的报道，亲友们才消除了这种偏见。不久前，父亲再次提出捐献遗体一事，有了前一次捐献的经历，这一次得到全家人及亲友的认同。"说实话，开始妻子也有些顾虑。"李奉献说，他担心自己的父母抛不开以前的老观念。"爸妈都捐了，咱还有啥可顾虑的？"李奉献劝慰妻子。"你捐吗？"妻子问。"当然了！""那我也捐！"说完夫妻俩相视一笑。更让李奉献开心的是，岳父母也很支持夫妻俩的决定，于是就有了一家四口申请捐献的一幕。

热心公益 传递爱心

除了捐献造血干细胞和捐献遗体器官外，生活中李奉献也一直乐于助人。2003年，他就加入了青岛绿飘带志愿者协会，先后12次参加无偿献血，献血量近5000毫升；参加志愿活动30多次，为孤寡老人等生活困难群体提供帮助。仅仅近两年，他资助生活困难群众的资金就超过万元。

去年10月份，李奉献捐献完造血干细胞从济南回来后，和其他造血干细胞志愿者达成了一个约定：今后凡是青岛的志愿者到济南捐献，他都会免费邮寄一箱矿泉水，如今已有3

名志愿者受益。

"当时在济南住宿时，喝的都是烧开的自来水，感觉有些不适应。"李奉献回忆说。捐献者最重要的就是保证身体状况，遇到水土不服就麻烦了，所以他当时才有了这个想法。如今在李奉献的带动下，他的妻子和单位的多名工友也都有了参加造血干细胞采样的愿望，并已经和区红十字会取得联系，正在陆续采集。

"能帮助人是好事，而且我有充足的时间。"李奉献说，希望通过自己的行为，能给孩子树立个榜样。这就是李奉献，一个最普通的人，一个以"雷锋"精神，让"大爱永恒注真情"的人。

看完报纸以后，乔敬祖陷入沉思。对于乔敬祖来说，李奉献一家四口捐献遗体器官真的是一件不可思议的事情。乔敬祖总以为大陆是十分传统，甚至是迷信、落后、保守的。他们一家二代四口怎么会都愿意捐献器官遗体呢？这太不可思议了。

纪高尚走进屋，坐下来，又端起满满一杯啤酒跟乔敬祖碰杯，干了杯。

乔敬祖问纪高尚，说："高尚，你知道李奉献吧？"

纪高尚怔了一下，看到桌上的报纸，似乎明白了乔敬祖的话，回答道："认识，很熟。小伙子很不一般，从小就善良，大前年捐了造血干细胞。前年，他父亲去世时自愿将遗体器官捐献给了红十字会，他母亲和他还有他爱人都自愿签订了

捐献遗体器官的协议。"

"我看过报道了。台湾有一些佛教徒和基督徒自愿将遗体器官捐献给了社会。李奉献一家人信仰宗教吗？"

"他母亲信佛，他父亲和他都是共产党员。"纪高尚的眼里闪烁着一种疑惑的神情。沉默了片刻，他接着说："咱们这里大部分人相信唯物主义。从唯物主义的角度，人死了，就剩下一具没有生命的肉体，这具肉体如果不火化，就会慢慢腐烂消失，所以没有什么存在的价值。与其让它腐烂掉，还真不如将它捐献给医院，那些器官还可以救别人。李奉献一家是看得开的人，确实令人敬佩。"

听着纪高尚的高谈阔论，乔敬祖感觉大陆普通百姓的思想比台湾人的思想更开放，更务实，他们没有那么多条条框框，一切都是从务实的角度思考问题，没有那么多拖泥带水的形式和内容。纪高尚接着说：

"这些年风俗也都变了。以前不让土葬的时候，乡里很多人坚决不接受，罚了那么多款，连警察都调动了，好几年还有人偷着土葬不愿火葬。最后，政策引导，才全部普及了火葬。现在的乡亲思想，都很开放，特别顽固不化的很少。以前家里人去世，子女们披麻戴孝，又扎纸车扎纸电视、扎纸房子、扎纸马纸轿，烧堆成小山的烧纸。现在街道上倡导移风易俗，环保殡葬，乡亲们一呼百应，都是丧事从简，不再披麻戴孝，而是只带个白花和臂上戴个孝袖。说实话，披麻戴孝看上去确实隆重，但是像这样的大热天，再穿上那么厚的白大褂戴上厚厚的白布帽子，折腾上两三天，即使不中暑也热个半死。

烧纸更是污染环境，在山上烧纸还容易引起火灾。现在不烧纸了，确实好。乡亲们也都不送烧纸而送鲜花，多么文明。以前只在影视剧里才看到送花的。街道和社区的引导管理很重要。街道上规定，只要按规定要求办理，丧事上给予补助800元。每个社区都有专门的办公室，专人安排联系殡仪馆火化，安排车辆，安排在街道自建的纪念堂举行悼念仪式，安放骨灰盒。一条龙服务，乡亲们省心省事又省钱还有补助，谁不愿意呢？好的风气就这么自然而然地形成了。"

窗外，蝉鸣一片。乔敬祖俩人兴致昂扬，一直谈了大半个下午。

太阳已经开始西落了，阳光已不再那么热辣辣得烤人。他们离开饭店前去探望乔孙氏大娘。

乔孙氏大娘住在上马城最南端的联排别墅区，房屋西面是一片山坡，山坡上长满果树和花草。她家的院子里也种了不少花，几棵月季正五彩缤纷地绽放着，还有一个小池塘里的荷花也正盛开着。院子东侧还有一片小菜园，里面的黄瓜、茄子和西红柿硕果累累的。

别墅就是一栋三层的楼房，并不奢华。乔大娘住一楼东间屋，乔卫民的父母住二楼东间屋，乔卫民和老婆孩子住三楼。这是名副其实的四世同堂。

乔孙氏看上去要比实际年龄年轻不少，像80多岁的老人，脸上的皱纹也不深。她瓜子脸，一双秀气的眼睛一笑变成了一

弯月牙儿，让人想到她年轻时一定是个人见人爱的美人胚子。她性格开朗，一见面就拉着乔敬祖的手，欢快地说："你可回来了。我就知道你们一定会回来。你爹他不会忘了家里人的。唉，你看看，他也回不来了。早点回来看看多好。我们也想他啊。"她说着说着，有些哽咽，擦了一下眼泪，脸上又露出了灿烂的笑说，"你回来一样，你回来了一样。"

她扯东拉西地问了乔敬祖很多他父亲的事情和乔敬祖的情况、台湾的事情，不知不觉天色暗淡了下来。

乔卫民回来接乔敬祖等人去吃饭，老太太依依不舍地将他们一直送出大门。

太阳沉入西边的山岗之后，紫红的余晖染遍了故乡的房屋、树木、高楼和大地，乔孙氏的身影慢慢从乔敬祖回望的视线里模糊了、消失了。

九

　　乔焕泽是乔敬祖二伯的儿子，是一个好老师、好校长，好多家长想方设法让自己的孩子跟他上学。25年前，乔焕泽回到了棘洪滩镇乔戈庄村小学，秉持"三尺讲台，无悔人生"的追求，踏上了教育之路。

　　乔焕泽是从曲阜师范大学毕业的。按正常情况，他应该被分配到市区的中学做老师，但是他选择了回到家乡当老师。当时镇里只有一所中学，他完全可以去镇里的中学教书。但是，为了照顾病重的父母，他最终选择回到村里的小学——乔戈庄小学。乔焕泽的父母都患有心脏病，父亲做了心脏搭桥手术，母亲也患有冠心病，都需要身边有人照顾。乔焕泽有两个姐姐，都已远嫁他乡，照顾不了父母。乔焕泽别无选择，只能挑起照顾父母的重担。

　　25年前的乔戈庄小学十分简陋，且分成了两部分校区。主校区在村子中部，有6间教室，一年级至三年级在这里上课，院子也不是很宽敞，一到做课间操，6个班的学生300多人，一下子就把院子占得满满的。分校区在村子后的山坡上，4个大教室，四年级和五年级的学生在这里上课。院子是敞开的，没有院墙，四周是一块块菜地，一眼望不到边。

　　乔焕泽是五年级二班的班主任，兼着教五年级两个班的语文课。

乔戈庄小学的学生都是来自乔戈庄和周围两个自然村的孩子。那时候，家长们披星戴月，一天从早到晚忙在地里，一点顾不上孩子，孩子都是放养的；好多男孩子就像野孩子一样，从小没人严格看管，养成了散漫自由的习性。他们一下课便像放了羊一样漫山遍野地疯跑，上课的哨子一吹他们又像兔子一样噌噌地从四面八方窜回来，大冬天，一个个头上冒着腾腾的热气、满脸通红，上了课半天也静不下心。乔焕泽每次上课便先给学生们讲一则寓言故事，把他们的注意力调回来，然后再开始讲课文。他讲课的方式也是开放式的，生动、活泼且有趣，学生个个全神贯注、开心欢乐。课堂上，他和学生为了一个小问题争得面红耳赤；课堂间，他又似朋友一般和孩子们有说有笑、谈心交流。

乔焕泽虽然是男老师，却拥有比一般女教师更加细腻的情感和慈爱的性格，尤其是在面对这群可爱的孩子时。

在平日工作中，乔焕泽亦是倾注了全部的师爱，去呵护一颗颗童心。他常说："在我的眼里，每一个孩子都是栋梁之材，每一块'顽石'都能雕琢成一块玲珑剔透的美玉；在我的心里，每个孩子身上都有闪光点，都值得去欣赏。"有一个学生叫乔智勇，特别顽皮。他父亲酗酒，他母亲跟他父亲离了婚。那个年代离婚不像现在这么普遍，再加上他本想跟着母亲，可母亲为了不影响自己改嫁，很绝情地把他扔给了父亲。这样的经历使乔智勇心生了很多怨气，既有暴力倾向，又非常自卑。

他在学校里，跟同学一句话不和就动手，几乎打遍了班里所有的同学。同学们又恨他又怕他，都像对待危险动物一样远远地躲避着他。在班里，他只和一个叫乔法刚的落后生来往，两个人形影不离，想方设法变着花样捣乱。下午最后一堂课是自习，两个人隔着老远来回扔东西，搅得同学们心慌意乱，没法安下心来学习。女班长告了他们的状，两个人怀恨在心，绞尽脑汁想出一个恶作剧来报复女班长。两个人跑到田地里抓了一条蜥蜴，偷偷放到女班长的铅笔盒里。上课时，女班长打开铅笔盒，那条在里边憋了半天的蜥蜴猛然窜出，吓得女班长尖叫一声，蹦了个高，然后放声大哭，哭了一下午。

这件事被反映到了校长那里，乔智勇大包大揽把事全揽到自己头上，学校要将乔智勇开除。乔焕泽找到校长立下军令状，让校长给他两个月的时间，如果不能把乔智勇管好，他这一年的奖金一分不拿，任凭校方处置。校长最终同意了乔焕泽的意见。

乔焕泽一边安抚忍无可忍的同学，一边找乔智勇和乔法刚谈心。乔老师总是笑眯眯的，他跟他们谈话也是像拉家常，谆谆教导，似细雨润物，让他们惭愧不已。

乔智勇家里中午没人做饭，乔老师就把他带回家吃饭，吃完饭剩余时间还可以给他辅导辅导功课。乔智勇一开始有点抗拒，乔老师便把他的好伙伴乔法刚一起叫上。两个人刚到老师家时很紧张，也很不好意思；渐渐地，他们感觉到乔老师真心实意地对他们好，乔老师就像一个大哥哥一样对待他们，很亲切很自然。慢慢地，他们真的把乔老师当成大哥一样对待，打开了自己的心扉，乔智勇那些和自己爸爸不能说的心里话他们都会和乔老师说，乔老师也会耐心地当他的倾听者。

乔老师在公开的场合从没有批评过他们。他似乎看透他们捣乱行为背后的自卑心理，所以发现他们的一点长处便在课堂上表扬。乔智勇的所有科目都很差，唯有作文写得好，这也反映出他看过不少书或者听过很多故事。有一年，他摔断了胳膊，他爷爷是个故事篓子，他没事就缠着爷爷给他讲故事，他也都是以讲故事的形式写作文，写得很生动、有趣。乔老师经常将他的作文当作范文在课堂上朗读。乔老师还将他自己喜欢的文章从报刊上剪下来，贴成剪报送给乔智勇。每篇文章中好的句词，乔老师都在下面划了红线。每次送剪报时，乔老师都会挑两篇文章详细给他讲解。就是在乔老师这样的精心指导和帮助下，乔智勇的作文水平有了质的提高；也是在乔老师的鼓励下，他树立了当一个作家的理想。乔智勇开始变了，上课时，不论什么课都能认真听讲了；下课了，也不再跟个野孩子似的疯跑了；上自习时更不捣乱了，安安静静地学习。他变成了一个乖孩子，学习成绩直线上升，到毕业时他的成绩已是班里的前几名。后来，他考上了浙江大学中文系，毕业后从事了文字工作，也写了几本文学作品。乔老师送给他的十多本剪报给了他很多帮助和激励，这些剪报他一直收藏了20多年，2010年搬家弄丢了，他当时难受得像丢了魂一样。

乔法刚也有了变化，但是他没有乔智勇变化得那么快那么彻底，还时常会反复。他真正发生变化是在乔老师挺身而出挡住一帮小混混保护了他的那一刻。那年夏天，一天，乔法刚被一帮小混混堵在校门外，他的同学一齐上去，与他们对峙。剑拔弩张之时，乔老师赶到，大声呵斥道："都别动手！"学生一见老师来了纷纷后撤，对方抓住机会，欲对乔法刚大打出手。一向低头躬身的乔老师猛地冲上前，挡在乔法刚的身前，护住了他。这帮小混混，不讲什么尊师敬老，有一人竟朝乔老师挥拳直捣。同学们一齐冲了上去，传达室的师傅也冲了过来。这帮小混混见状，仓皇逃窜。

这件事让乔法刚深受感动，从此他对乔老师言听计从，也成了一名遵守纪律的学生。

乔智勇和乔法刚毕业后，每逢教师节都会回到学校看望乔焕泽——这个亦师亦父的男人。乔焕泽对这两个孩子的影响和帮助可以说是使他们终身受益的。他就像一把锋利且坚毅的剪刀，在这些幼苗的萌芽期，就为他们修剪好长大成材的方向，他是尽职尽责的启蒙老师。

十年之后，乔焕泽当了副校长、校长，他对学生的爱更深厚、更上心了。他以自己的行动带动了全校老师对学生的关心爱护，将这种爱渗透到学校的方方面面。有的学生生病请假落下课程了，他和老师们都主动抽时间给他们及时补课，过后一遍遍检查他们的掌握情况，以确保跟上班级的进度；学生在学习生活上遇到难题、情绪低落时，乔焕泽和其他老师总是能很快发现，开导帮助学生，做他们的知心人。

  乔焕泽发现四年级一班有个女生上课老走神，下了课，也常常一个人坐在位子上发呆，整天闷闷不乐的，便从侧面了解她的情况。原来女生的父母离婚后，患有疾病的母亲带着她来到城阳务工。母女两人相依为命，生活特别困难。细心的乔焕泽知道女生家的情况后，一直放心不下。于是，在一个周末，乔焕泽和女生的班主任一起到女生家家访。女生和母亲两人租了村子里一户人家的厢房，一间屋和一个小厨房，很拥挤，但是很干净。女生母亲的脸蜡黄，她看起来十分疲惫、憔悴。乔焕泽问了一些情况，知道她每月只有1000多元的收入。她既要生活，又要抓药治病，还要供孩子上学后，乔焕泽心里一阵酸楚。临走的时候，他悄悄地将身上带的3000元钱塞到她母亲手中，安慰道："一切都会好起来的，孩子在学校有我们，不用担心，她学习也很用功。"

  回到学校以后，乔焕泽召集会议，减免了这位女学生的学费，而且每年的八月底开学之前，他都会给女孩的母亲转去3000元助学费。现在这个女孩考上了青岛五十八中，成绩非常优秀。女孩在心里把乔焕泽当亲爸爸一样看待，节假日常常回来看他。

十

柳绪春给乔敬祖的第一印象不是漂亮,而是精干。不过她生得确实很漂亮,不是一般女性的那种漂亮,而是一种英姿飒爽的美。这位曾做过女兵的民营企业家,个头高挑,一头短发,皮肤白皙,一双凤眼闪着灵气和男人一样的果敢和英气。也许是天性如此,也许是军旅生活留下的印记,她说起话来快人快语,走起路来步伐匆匆,一看就是那种雷厉风行、干脆利落的"女汉子"。

柳绪春的父亲是乔敬祖的二姑父,今年80岁了。这二姑父也是个能人。20世纪80年代,他就开始创办工厂。他先开了一个铸造厂,干了几年挣了些钱,见干铸造厂的多了,他改了行又搞起烟花爆竹厂,一干就是20多年。2005年,爆竹厂停了业,工厂占用的600多亩地成了他家的主要财产。这片一眼望不到边的山岗地,一天天杂草丛生,一年又一年过去,成了一片荒岗地。二姑父身体欠佳,折腾了一辈子了,也没有心力和体力再去创业,只能任其荒芜。

柳绪春是乔敬祖的二姑父、二姑快40岁才有的老生女。尽管乔敬祖的二姑、二姑父把她当作掌上明珠,但是她天性泼辣,从小像个野乎乎的男孩子。高中毕业那年,济南军区到学校招兵,那么多人报名只招两名,招兵的军官竟一眼就看上了她。柳绪春很快成了一名女兵。

柳绪春做梦也没想到当个女兵会这么苦。新兵连的三个月简直脱了一层皮，凌晨四点起床、跑步、拉练、走正步……不管风霜雨雪、刮风下雨，天天这么练，一天练下来感觉骨头架子都散了，浑身酸痛；吃了晚饭，还要学习；晚上上了床，头一挨枕头，就呼呼大睡了；还有吃饭，只给5分钟的时间，那哪叫吃饭，就好像抢饭，那么短的时间内吃掉一堆饭，真的很痛苦，但是活动量大不吃会饿得受不了；吃完饭也就让休息半个小时，立马又开始训练，胃真受不了……聊天的时候，乔敬祖问起她当兵时的感受，她回忆道：

"不过，还是特别感恩那段军旅生活。现在回想起来，感觉部队新兵的苦都能吃得了，任何困难都难不倒自己了。铁的纪律是军队管理的重中之重，军人的首要品质是服从意识。新兵训练结束以后，我被分到了通讯连，我们的班长和师父对我们的要求非常严格，达到了吹毛求疵的程度。这种严格给我改掉了很多不良习惯，使我养成了做事认真、不讲条件、不计个人得失、服从团队大局、不畏困难、敢拼敢打的良好素质，这种素质对我的一生影响都很大。可以说，如果没有五年多部队生活的磨炼，我很难接下父亲创造的事业，把这份事业做大做强。"

柳绪春接手父亲的产业那年，刚满24岁。24岁还是一个充满青春热情的年龄，也就是凭着这股热情，她开始了父亲产业的二次创业、自己的第一次创业征程。

父亲的产业就是位于棘洪滩上崖村山上的 600 亩荒山野岭，还有一幢三层的办公楼，一片厂房。这样的资产能干什么呢？柳绪春刚一接手，也理不出个头绪。她四处考察，多方征询意见，终于有了自己的创业发展思路——她决定先拿出 50 亩地尝试着做一个生态游乐园。认准了就干，用军事用语来说就是"果断出击"。

柳绪春招兵买马，很快组建了一支 20 多人的团队，规划设计好生态游乐园的布局，带着队伍开始拓荒建园。那些日子，她头戴训练帽，手戴手套，穿着厚厚的工作服，一天到晚，领着工人们拔杂草、拖树枝、清理垃圾、平地盖房……就像又回到了新兵连，紧张，劳累，不过她的精神一直处于兴奋的极高点，整个人活力四射。

三个多月过去了，她和员工们打造出了一片颇具规模的"创业天地"。生态游乐园内，办公室、会议室、餐厅、训练拓展、娱乐天地、农事体验区、动物观赏区、草莓采摘区、植物科普馆……一个个片区井井有条。一个功能较全的游乐园初步建成。这一年的夏天，生态游乐园迎来了第一批学生夏令营，紧接着迎来了一批又一批夏令营的孩子和游客。生态游乐园成功了。

柳绪春没有满足，军人那种追求高品质的特性、那股不服输的劲头，使她又有了更高的追求。目标要定得高一些，敢想才能敢干。她时常这样激励自己，也这样鼓励身边的人。她又开始四处考察、调研，跑市场，冒着酷暑到全国的一些生态园、游学基地学习、考察。她就这样边干边学，边运营赚钱边投入项目，又上了林业科技馆、海洋生物标本馆、海洋教育馆、民俗纪念馆等科教、文化、教育场馆。生态游乐园的项目更加丰富，功能更加齐全，一年四季都有学校组织学生来体验、参观，游客更是越来越多。

柳绪春一直以当过军人为荣，也始终保持着军人不畏艰难、坚韧不拔、越挫越勇的品质。当年开办草莓采摘项目，进了一批草莓苗，种植的时候遇上了高温天气，由于应对不当，草莓苗全部"热死"，损失惨重。柳绪春没有气馁，请来专业技术人员，指导着重新种植，终于成功了。就是这么一股不服输的劲儿，推动着柳绪春闯过一道又一道难关。柳绪春把生态园越做越大，并不断探索适合公司持续发展的路子。

柳绪春看到乡村里不少中年妇女，四五十岁就在家赋闲成了家庭妇女，而这些妇女大都心灵手巧，针线活做得很好，她便萌生了将这些妇女组织起来一起挣钱治家的念头。正巧，她在外出考察时，认识了一个想长期从国内采购毛线玩具的外商，柳绪春一下子想到了乡里的那些心灵手巧的妇女。她向外商说了自己的想法，外商很支持，愿意帮助她一起建厂。

柳绪春用了两个多月的时间，把父亲原来做烟花爆竹的厂房整修一新，又进了制作玩具的设备，请来技术人员，招了 30 多个工人，建起了玩具厂，生产出了半成品的玩具小零件；然后招募了一批乡村里的妇女，将玩具小零件领回家，在家里缝接加工成了一个个活灵活现的小狗、小猫、老虎、狗熊、

熊猫等多姿多彩的毛绒玩具，最后，回收入工厂，检验合格后发货给外商。

柳绪春很快把这项产业发展成 10 家分厂，长期为其加工服务的乡村妇女 300 多名，这些妇女每人平均每月收入过千元。

在她的玩具厂上班的也大都是乡村里的妇女，每人每月的收入都在 4000 元左右。她们在车间里一边缝制玩具一边听音乐，聊天说笑，十分放松。如果谁家里来客人，谁要去学校接孩子，打个招呼就可以走，忙完了再把活赶一赶就行。

柳绪春是军人出身，强调纪律性，但是她知道这种手工活烦琐细致、枯燥，如果一门心思地闷着头干，8 个小时干下来，什么人也受不了，所以需要这种宽松的环境。

柳绪春把工厂干大了，不少新建的工业园邀请她把工厂搬迁过去，但她都拒绝了。她知道这个玩具厂就扎根在乡村里，它承载着许多乡亲们的生计，也需要乡亲们一起来做大做强这个项目。

柳绪春的事业做大了，她的社会责任感也越来越强，回报社会的愿望也越来越强烈。柳绪春回报社会是从资助老兵开始的。村里一个参加过自卫反击战的老兵遭遇车祸，肇事车辆逃逸，老兵被送到医院却无钱救治。老兵的妻子一直给玩具厂加工毛绒玩具，万般无奈下找到柳绪春，向她求助，跟她借钱。柳绪春二话没说，当即给了 5 万元现金，说："借什么借，俺大叔为了保卫国家上过战场。这些钱你拿着花就行了。"

老兵的妻子感动得泪流满面。

老兵被救过来了，但一条腿被截肢了，成了残疾人。柳绪春把他安排在工厂传达室看门，每个月给他 3000 多元。

柳绪春常说："能够帮助别人，是我的人生价值，是我最快乐的事。"她差不多每个周末都要带着一帮工人去养老院跟老人谈心、嘘寒问暖，送些老人喜欢吃的东西，就像每周回家看望父母一样。

柳绪春就是这样，不仅自己回报社会扶贫救弱，还以自己的行为影响身边的人，用自己的影响力感召更多的人参与爱心帮扶活动。她捐助了 3 个四川甘孜的贫困儿童上学，已坚持了 8 年。她还动员自己的战友、同学、同事一起捐助甘孜的藏族儿童，最多的时候一年捐助了 70 多位。她发起的这项捐助甘孜藏族贫困学生的行动始于 2012 年秋天，至今已坚持了 8 年多。

2012 年夏天，柳绪春去甘孜地区旅游。说起那次旅游，她的眼睛里闪烁着激动兴奋的光芒，她说："第一次去甘孜，没想到那儿的风光那么美，那儿的道路那么那么难走，那么凶险。

我们的车一直行驶在连绵的山谷之中，路就在山脚下，一侧是陡峭的山，一侧紧挨着滚滚而流的河。山奇险，泥石相杂的山上，树木丛生，仰头一望，便会出现一块巨石，夹在碎石泥土之中，颤悠悠地探出大半个身子，摇摇欲坠的样子令人心惊胆战。而且，它确实随时都会滚落下来。一路上，

我们走不多远，就会看到一块块滑落的泥石或者山体滑坡滑落的泥石流，我们便只好等待救援车来清理。这样的地方很多都挂着一条条彩旗，山谷中的一些村落也挂了彩旗，那些彩旗将村子环绕着。我猜想应该是藏民祈佑平安的一种方式。在这样的环境中生存，需要借助一种精神力量。

汽车沿着河畔继续在两岸群山夹着的山谷中行驶，约莫又跑了半个小时，山谷豁然，眼前一片辽阔的草原。当时已是黄昏时分，夕阳将草原染上一层梦幻般的朦胧色彩，每一片草原都像一面无垠宽大的大鼓。草原上一座座隆起的山丘也是圆鼓鼓的，偶尔可见用彩旗、哈达连成的字符，占满一座山的大半个山坡。山坡下，大鼓一样的草原，牛儿、羊儿、马儿像花儿一样点缀在大片的绿色中。辽阔的草原四周是像栅栏一样环绕的高山，间或有一片雪山，夕阳西下，像白云一样耸立在天际。

突然，雨夹着冰雹急骤下起来，打在车身上，噼里啪啦像放爆竹一样响成一片。

前面路边有一个院落，我们两辆车急忙拐进去避雨。很快有人戴着草帽出来问询，我们说明了来意，他们热情地引我们下了车，进了屋。屋子里放了两张破旧的桌椅，一位40多岁高大英俊的康巴汉子，介绍自己叫扎西，是这所小学的校长。

雨停了，校长热情不减，带我们参观学校。院子里已有不少泥水，土地泥泞，几间教室的窗户都用塑料薄膜代替玻璃，桌椅也是东拼西凑的，高低宽窄参差不齐。孩子们刚吃完饭，都回宿舍了。我们去宿舍看孩子，女生宿舍有几排行军床，男生宿舍里大多数男孩子都睡在地铺上，地铺上铺满了草，上面铺了一层席子。孩子们穿着又破又旧的衣服，用一双双清澈纯净得像草原蓝天一样的眼眸，笑呵呵地欢迎我们。

晚上，热情的扎西校长留我们吃饭，做了人参果、糌粑、奶酪等一桌子当地特色的美食。扎西校长喝了不少酒，讲了他们创建这所学校的艰难历程，告诉我们这所学校的孩子有三分之一是孤儿，其余都是山区里的贫困人家的孩子。这些孩子来学校上学，学费、吃、住全都由学校负担，政府给补助一些，但是不够，学校缺钱；夏天还好过，天一冷，孩子们的棉被都解决不了。我们被扎西校长的责任感和善良的举动所感动，当场答应回去组织募捐，解决孩子们过冬的棉衣和棉被问题。

我们要求扎西校长给提供几十个家庭特别困难的孩子的名单，我们对他们实行一对一的资助，每年每人资助2000元，一直资助到大学毕业。

扎西校长高兴地跟我们连干了两杯白酒，又操起琴来弹着琴给我们唱起了歌。

那天晚上，我们一直喝到月上中天。

晚上，我久久难以入眠，孩子们那纯净的眼神像天上的星星一样，总是在我的脑海里闪耀。

从这一天开始，我就有了一份牵挂，每年我都会带着一

卡车棉衣、棉被、文具用品等去一趟甘孜。

我们几十个爱心人士，有我的家人、战友、朋友、同事，还有一些素不相识的人，我们每年都会为贫困的藏族孩子送去助学的钱款。

8年了，他们一直这样支撑着我，帮助着远在千里之外的孩子们。"

乔敬祖对柳绪春竖起大拇指，连声称赞，柳绪春的脸上泛起一片红晕，她腼腆地说："应该的，应该的。做企业必须有社会责任感；否则，只知道赚钱，很可悲。"

"咱们这儿像你这样有责任感的企业家多吗？"乔敬祖问。

"很多，他们都坚持许多年了，我也是受他们的影响。"她停住话，略微回忆了一下说：

"林大姐，林芝是大爱制衣厂老板。她应该算是我做慈善事业的领路人。她从事服装行业的这些年里，给汶川灾区捐款，给四川佛学院的孤儿们捐衣服，定时组织爱心人士给敬老院里的老人们送温暖、送演出、送祝福，不求回报，只为这个社会做自己力所能及的事情。

2008年，汶川地震发生，林芝从电视上看到了塌陷的房子里面被困的人员，他们求生的希望，孩子们无助的眼神，深深刺痛了她的内心。在地震后，奔赴灾区一线救援的官兵战士夜以继日，顾不上休息和吃饭，只为了争分夺秒地挽救更多人的生命。战士们英勇无畏的精神感动了林芝，她第一时间组织了厂里的职工，为灾区的同胞们伸出爱的双手，捐款捐物。

当时开会组织员工献爱心时，不少员工当场就哭了，纷纷向灾区捐钱。从那次以后，林芝便决定将爱心献到底。她每年都会去养老院为每个老人送上一条新床单，让老人们睡得舒服；也组织社会上的爱心人士定期去养老院为老人们送去吃的、用的，定期给老人们送去节目演出，让老人们乐呵。除此之外，林芝还组织自己的医生朋友定期去给老人免费看病。

对林芝来说，爱心是源源不断的，每年的帮助捐资已经成为她的习惯，她从中体会出一个人真正的价值在于为社会所做的贡献大小。多年的献爱心之路让林芝感触很深，说让她最有感触的是养老院的老人们。养老院里基本都是些孤寡老人，刚开始的时候她只是想去献爱心，后来时间长了里面一些患老年痴呆症的老人一见面就能认出她，甚至知道她姓什么，这让林芝特别感动。

2016 年，林芝通过老师家的孩子曾经在四川支教这个渠道，又给四川西昌小学的孩子们捐助了 700 件衣服，并且和学校的老师定好，每年都给学校的孩子们准备过冬的衣服，也会带动鼓励更多的人去关注这些孩子们。多年来，林芝捐助了不少衣服，但她总觉得这都是些小事，不值得一提。

在林芝看来，她所做的都是一些微不足道的小事，不足挂齿，她自己的初衷就是献出自己的一点爱心，关注社会的弱势群体。也许在不久的将来，他们当中会出现科学家、文学家，以及对社会发展有贡献的杰出人才。

她的爱心行为也感动着身边很多朋友，许多人都愿意加入和她一起做爱心活动。我就是其中之一。"

柳绪春爽朗朗地笑着，她习惯性地往后捋了捋头发，又说道：

"还有柳雪云，雪云姐是我的闺蜜，对我的影响很大。她告诉我说，她这辈子最幸福的事就是将自己的兴趣变成了自己的事业，并且还将这份事业做得越来越大、越办越好。她感到最欣慰的是自己在创业之余还能将这份能量辐射到周围人的身上。她还常说，她也是从苦日子过来的，在别人有需要的时候能帮一把就帮一把。她始终觉得自己富了不是真的富，让乡亲们的生活条件也有所改善，才是真正的富足。

实在、热心肠、一点女企业家的架子也没有，明明做了很多善举，却总是轻描淡写一笔带过，雪云姐就是这样的一个人。正因为她是这样的一个人，才靠着自己的辛勤付出和过人胆识，办起了自己的服装厂，创立了属于自己的服装品牌，还带动上马周围近百名妇女再就业。去年，上马街道阳光上马人颁奖典礼，雪云姐被评为"创业能手"和"阳光上马人"，这对于她是当之无愧的。

雪云姐比我大十多岁，1993年刚参加工作的时候接触了羊毛衫加工制造业。刚开始时她在厂子里当学徒，啥也不懂，用现在年轻人的话讲就是小白一个。从小就爱美的她，曾梦想着当个服装设计师，把她心中的美推介给更多的人。可惜小时候家里穷，没有机会进行专业学习，好在她没有放弃。

2006 年，她跟丈夫一起，创办了自己的服装加工厂，将梦想重新拾起来。

提起自己的服装事业，雪云姐总是神采奕奕。她总是笑吟吟地说，这天底下有几个人能像我这么幸运，把自己的兴趣爱好变成愿意为之奋斗一生的事业呢，我挺知足的。

乐观积极、勇敢向上，这是雪云姐给别人留下的第一印象，但是创业背后的种种艰辛只有她自己知道。她当时想办服装厂也不是一时兴起，而是筹谋了很久，但是真正实施起来才发现理想和现实的差距，资金、技术、人员等等都是迫在眉睫需要解决的问题。当时也是年轻吧，她也没顾得上亲戚朋友的劝诫和善意的提醒。都说她没办厂经验，谁天生就会走呢，可以一点点学嘛。她也遇上了一个好爱人，她虽然懂服装这块，但是对于最重要的一些管理经验和机器生产的技术，她却是个门外汉。这时候，她爱人就放弃自己所喜欢的工作，来当她的军师，全力支持她。有了丈夫的支持和帮助，雪云姐更加坚定了自己要把厂子办好办大的决心。在后来的几年，尽管也遇到了这样那样的困难，但她从没有打过退堂鼓。敢拼、敢闯、不轻言放弃，是雪云姐经常告诫自己的一句话。如今生意越办越好，厂子也越办越大，雪云姐说特别感谢当初那个'不怕输'的自己。

在 2006 年创厂初期，厂里需要招一批车间工人，有过办厂经验的朋友告诉雪云姐最好是招一些年轻人。羊绒工厂的加工工艺本身就复杂，年轻人学东西快、体力也好。但是，

她心里却有自己的打算。她觉得朋友的建议是好，但是她更想让周边村那些下岗或者失业的妇女到她这来上班，挣的钱足够她们补贴家用。她前前后后共招了 70 个下岗或失业人员。

因为考虑到有些女职工需要照顾一家老小的生活起居，甚至还要伺候家里瘫痪在床的老人，那些能在家里完成的活儿，雪云姐就尽量让她们在家做工，留出更多的时间让她们来照顾家庭。

谁家生活上有个困难，两口子吵架赌气回娘家了，雪云姐都要出面去协调。她常跟我说，这些事，提起来又好气又好笑，我把她们当成自家姐妹。妹妹家里有闹心事我这个当姐的当然有责任去管，看着她们家庭幸福美满，日子越过越好，我也就心满意足了。

除了帮助厂里困难职工的家庭，雪云姐还带头组织厂里的人在中秋节、重阳节走访上马村里的孤寡老人，给他们送去生活用品和救助金，还常年资助上马周边的困难学生，圆了这些孩子重返校园的梦。在这些老人的眼中，雪云姐从来不是什么企业老总，而是他们的闺女；在孩子的眼中，她是他们的雪云阿姨。从无到有，从创业小白到女企业家，这一路走来，她经历了太多的风雨。但雪云姐说，无论怎样的经历对自己来说都是一笔财富，风雨过后方才能见那最美丽的彩虹。问起未来的打算，雪云姐说，除了保质保量完成各项出口订单外，在未来的几年里，她还想把自己的品牌做大，做成青岛的名片；至于帮助他人，她说她会认真做一辈子。"

柳绪春沉吟片刻，似有所悟，说道："帮助他人，我也会认真做一辈子，我们都会认真做一辈子。我还有一个闺蜜，她更是一个慈善事业的热心人。"她突然像发现了什么惊喜的事儿，脸上泛起兴奋的红光，继续说道：

"她叫周素云，这个名字就很让人温暖。周素云特别爱笑。她常说：'笑一笑，生活中再大的坎也会迈过去。'周素云还爱尽己所能帮人一把。'看到别人困难，不去帮一把，良心上过不去，吃饭都吃不香。'这句话几乎成了她的口头禅，经常跟我们絮叨。

今年40岁的周素云，或许因为爱笑的缘故，看起来比同龄人年轻不少。2007年，周素云创办了青岛衣艺佳服装有限公司，她招聘了30多个员工，以当地年龄在40岁以上的失业女性优先，在工作中处处关爱她们，被称为'贴心娘家人'。

一次，她们厂员工王红的孩子生病了，周素云从其他人口中得知后，立刻放下手中的活儿开车载着王红和孩子去了医院，忙前忙后找专家、办住院、垫付医药费，比办自家的事情还着急上心。对于厂子里的这些'自家人'，周素云的关爱与付出就是这样子无微不至：逢年过节带着礼物去每个员工家里慰问，为了让员工免于来回奔波厂子就免费提供午餐，不管厂子效益如何员工的工资只多不少……她常说：'十几年来是他们成就了我，做企业不仅仅是一个技术活，也是良心活，咱得对得住人家，让大家快乐幸福地面对每一天的工作。'

工作中的周素云，温暖众员工。生活中的她，也努力用

爱心照亮寒门学子前行的路。一次，周素云在上马街道微信公众号里看到桃园小学一个单亲家庭的学生生活上很困难，她就到学校给这个学生捐助钱和衣物。看到学生穿上新衣服后，她红扑扑的脸上露出腼腆的笑。她说：'我小小的帮助，或许可以改变孩子一生的命运，也让我的心得到安放，所以我会坚持做下去。'

前不久，上马一位周素云熟悉的老师去甘肃陇南支教。出发之前周素云嘱咐道：'如果遇到家庭有困难需要资助的孩子告诉我一声。'后来根据支教老师反馈的情况，周素云给那里的孩子们捐赠了40多套衣服，开始定点帮扶陇南困难学生，每年资助20多个孩子。

2019年1月，周素云收到曾经资助过的一个学生写来的感谢信。当她在信中看到学生现在已对未来充满希望、开始自信而微笑地面对每一天时，周素云的内心不可名状的幸福感像水波一样荡漾开来。那是一种金钱买不来的东西。她告诉我，她明白我为什么要资助那么多甘孜藏族的孩子了，帮助别人是一种幸福，她也会坚持下去，一直资助陇南的贫困孩子，十年二十年，直到他们都上完大学，直到陇南再没有贫困的孩子。"

十一

乔敬祖的表弟崔军明从青岛市区风尘仆仆地赶到了。他人高马大，身高一米八，大头大脑袋大眼睛，宽大的额头下，一双敏锐的大眼透过厚厚的镜片扫视着每个人，最后将目光定在乔敬祖的脸上。他说："大哥，可见到你了。"说着，上前紧紧握住乔敬祖的双手。他今年五十多岁，在青岛日报工作，是个才子型记者，写诗、画画、写书法，偶尔刻刻印章。当然他最拿手的还是写大块新闻报道。

乔敬祖拉他坐到沙发里，介绍他认识柳绪春和纪高尚。柳绪春给他倒了一杯茶。他开车跑了几十里路，真的是口干咽燥，端起茶杯一饮而尽，又喝了两杯，便兴奋地开了话匣子。他问："这儿是不是离羊毛沟湿地公园很近了？"柳绪春说："不到六里路。"他说："羊毛沟建得真不错！我去过两次了，还想去。""什么时候去的呢？""四月下旬去过一次，正是牡丹盛开的季节，那么一大片牡丹，红的、白的、紫的、绿色的，还有墨牡丹。其实，不是黑色的，是那种深紫色的，看上去像紫墨色。那些牡丹花朵都很大，争奇斗艳的，真是富贵华丽。"他喝了一杯茶，接着说道："第二次是五月底去的，感觉那里到处盛开着鲜花，玫瑰园里一片一片，红的、白的、黄的、粉的玫瑰，像一张张可爱的笑脸在风中摇曳。路边的蔷薇和

蔷薇园里的蔷薇密密地开着，像一片片晚霞。河道里的芦苇也冒出大片大片长长的新绿。内河湾边缘大片大片的紫色绒球花延伸到绿树深处，印象中儿童乐园南边的一大片野地全是这种花。那天，我还爬上了二三十米高的玻璃天桥，站在天桥上看湿地里满眼的绿树、绿水、绿草，和像彩云一样落在绿色之中的一片片花海，还有林子里那些时隐时现的恐龙，真是美得像进入童话世界一般。"

崔军明回忆着，眉飞色舞地说着。柳绪春受到他的感染，抢着插话道："羊毛沟最美的花季是三月桃花季，还有六月到九月的羊毛沟花季。花海湿地是北方种植规模最大的大花海，总面积 1500 多亩，有粉黛花、香雪球花两大花海，还有各种花儿。千亩粉黛花，那真是一大片像云像雾的粉色海啊！从九月一直持续开放到十一月下旬。香雪球开花的季节是春末夏初，可持续一个多月。花色呈淡紫色和白色。花形是伞状，像一个小球，十分美丽，又散发着清香。那真是满河谷开满粉色的桃花、白色的梨花，如烟如雾，真是太美了。"

乔敬祖也被他们感染，对羊毛沟产生了极大的兴趣。他疑惑地问："羊毛沟里养了很多羊吗？"

柳绪春被他的问话逗得"咯咯"笑起来，她说："羊毛沟里没有羊。"她见乔敬祖脸上的疑云更浓了，便接着向他解释道："羊毛沟是条河，发源于港北社区，由棘洪滩南下，经下崖、上崖、古岛，流经上马街道的程哥庄流入胶州湾。羊毛沟地势涝洼，每到夏秋汛期，淫雨连绵或暴雨突降，河谷里便会形成多如羊毛的细密沟壑和小小的溪流。羊毛沟河两岸盐田密布，当地的渔民们逢此雨季，便会开挖无数条细如羊毛的沟渠，纳潮水晒盐，羊毛沟因此而得名。"

"羊毛沟里有海水吗？"乔敬祖问道。

"羊毛沟是条潮汐性河流，海水与淡水混合，涨潮的时候海水顺河倒灌，所以这里曾是青岛最大的产盐地。东风盐厂就在羊毛沟的入海口处，羊毛沟两岸也曾盐滩密布。这里的居民自清朝开始曾经家家晒盐，年产盐上百万斤。新中国成立初期，还有晒盐户140多户。1959年下崖大队建起了集体盐厂，直到1962年，国家政策规定只准国家生产盐品，集体和个人不准生产盐品，这里才终止产盐，羊毛沟也从此荒芜成了一片盐碱地，下崖村临近的羊毛沟慢慢变成了垃圾倾倒场。这里的海产品也很丰富。20世纪八九十年代，这里的不少村民就是靠养鱼养虾养扇贝养鲍鱼挖蛤蜊致了富。不过，到了90年代，羊毛沟发源地即墨南泉镇兴建了大量工业，工业污水流入羊毛沟河，羊毛沟两岸受到严重的污染，无法再养殖海产品，羊毛沟成了垃圾沟、污泥沟。羊毛沟的生态环境严重恶化，周边居民的生活都受到严重影响。"

柳绪春停了一下，接着说："下崖村建这个羊毛沟湿地可不容易了。这里垃圾积了几十年，太多太厚，整个羊毛沟都满了，冬天雨水少，大风一吹垃圾四处飞，满村满坡都是；夏天水多，又成了一个垃圾沼泽，臭气熏天。下崖村书记孙文波下决心要彻底解决这个问题。他带着村两委一班人一遍一

遍到现场查看，研究，又请来专家学者调研。大家一致认为解决羊毛沟的环境问题不能只是把垃圾弄走了就了事，那样很快就会旧病复发，偷倒垃圾的不会停止，要想彻底改变这里的环境，必须下大力气做大手笔，建立湿地公园。他知道这不是件容易事，需要大量的人力物力。物力方面，下崖村靠山吃山。自从青岛四方机厂搬到这里，他们为该厂配套加工一些活，挣了不少钱。尽管建设湿地公园需要巨大的资金，他们的资金远远不够，但是开个场还能凑合，人力却是个大问题。羊毛沟的垃圾大部分在河边，臭水烂泥垃圾混杂成了一片沼泽地，大型挖掘机用不上，只能靠人工来解决，需要大量的人力。上哪儿拿钱雇那么多人呢，村里的干部们愁得不行了。孙文波说：'这么多年，咱下崖村的人受够了羊毛沟垃圾场的脏乱臭，谁不想把羊毛沟清理干净了？群众的事情群众一起来办，咱发动全村的人一起来清理。'村子里的群众一发动，大家争先恐后地来了。全村的青壮年劳动力100多人，手搬肩扛，用了一个月，终于把羊毛沟的垃圾清理了出来，羊毛沟又臭又脏了几十年的河水又变成得清澈了。"

崔军明接话道："听说差不多投了上亿元了，建了那么多花地，建了采摘大棚、都市农庄休闲区、婚庆浪漫体验区、迷雾恐龙岛、拓展训练基地、儿童乐园、空中玻璃天桥、火车科普基地、七彩旱冰场、水上滑索道、美食休闲区、火锅城、民宿区、孙氏祠堂、国学教堂、红色文化展示区……羊毛沟湿地公园已经成了城阳区居民乃至青岛市民的一个休闲场所，真的很棒！"

乔敬祖看了一下表，时针已指向下午五点，夏日的阳光已褪去了灼人的火辣味。他说："离吃晚饭还早，咱们去参观一下好不好呢？"

柳绪春说："好呀！那儿是今年青岛啤酒节的分会场，我们正好去喝啤酒吃红岛蛤蜊。"

赤热的太阳渐渐泛红，斜挂在西边的天空，天上的云朵和地下的万物似乎也被镀上了一层薄薄的红润光泽。乔敬祖一行人走进羊毛沟湿地公园，导游小苗带他们转过一座假山，进入一条七八米宽的笔直的水泥路。有一大段路被用方木搭建起藤蔓架，仰头，满眼是倒挂着的一缕缕薰衣草花儿，或者一片片枝叶盘虬的葡萄藤蔓。路的左边是低矮的树，从树的空隙可见风中摇曳着的芦苇和闪着夕阳光亮的水波。水波粼粼的对岸又是大片芦苇和密密的矮树，那片水是湿地的人造内湖。路的右边是牡丹芍药园，大朵大朵的花儿早已凋谢，留下一个个饱满的花盘。临近牡丹园的是玫瑰园，红的、黄的、白的、粉的玫瑰正似一张张美丽动人的笑脸一样在风中绽放着。大片大片的玫瑰开得热烈而艳丽，真是浪漫。旁边是一大片采石场，像放大了数十倍的海滩上的鹅卵石，又像从天上飞下来的一块块玛雅古，令人遐想万千。彩石阵的旁边是烧烤区，原木搭建了一座硕大的圆环形具有伊斯兰风格的露天棚区，直径百米以上；西面和南面架设了一个个铁锅和烧烤炉子，中间是一排排餐桌，一个个大铁锅是专门用来炖煮

本地鸡的，出锅即是香喷喷的新疆大盘鸡、沂蒙特色炖鸡……导游介绍着，崔军明听着听着咽了口唾液，问道："你们这儿还有别的餐饮酒店吗？可以住宿吗？"

导游继续说道：

"有的。住宿有民宿村在羊毛沟河边下，木屋，环境很美。目前已建好 20 个木屋。还有好几处总占地面积 30 余亩、建筑面积 2 万多平方米的美食休闲区，包括 2 座啤酒大棚、1 座羊毛沟花海湿地大酒店、1 座有 7 个四合院的孙家大院、1 座火锅城。

羊毛沟花海湿地 2016 年举办了第一届水上国际啤酒节，2018 年被正式定为青岛国际啤酒节城阳会场。2 个啤酒大棚建筑面积为 12000 平方米，主要用于兴办啤酒节、美食节、大型团队活动等。看台区可容纳现场观众 3500 人，畅饮区可摆放酒桌 200 桌，会场采用了膜结构的建筑风格和很有时尚感和艺术感的外观设计，宽敞明亮。

花海湿地大酒店，由 4 个 10 人桌包间、一个容纳 150 人的小型宴会厅组成，主要用于接待散客、小型宴会、团队等群体。

羊毛沟星火烧烤海鲜城'孙家大院'，建筑面积 10000 平方米，由 7 个四合院构成，每个四合院各具特色，风格不一，可同时容纳 300 人就餐。院内环境优美，传统与现代风格并存，还有全民卡拉 OK、疯狂斗牛游乐项目，可以满足不同食客的就餐需求。'孙家大院'集岛城特色美食之大成，共推出

10 款招牌菜以及烧烤专家系列、锡纸涮锅系列、风味小吃系列、羊毛沟大院庄户系列、巧手凉拌系列、本地海鲜系列百余道菜品，每道菜品均用心揣摩，精心烹制，让您入口称绝，唇齿留香。

火锅城建筑面积 1000 平方米，设有吧台、调料区、就餐区、精美小食区等功能区域，能同时容纳 200 人就餐，满足家庭、好友、团队等就餐需求。火锅城延续了千百年的蘸着小料涮牛羊肉食法，锅底料采用几十种上乘滋补调味品，牛羊肉来自纯天然无污染的锡林郭勒大草原，肉品鲜嫩，香辣适口，回味悠长，久涮汤不淡、肉不老，具有浓厚的蒙古民族餐饮文化特色。"

"晚饭，我们在哪吃呢？我现在就想吃饭了。"乔敬祖问道。

"我们先转一转，晚上我们去啤酒节会场喝啤酒。"柳绪春说。

他们回到路上，往前走，看到路右边木头架起的牌坊上挂着一块写着"十八农庄"几个红色大字的牌匾，里边正在进行开垦、建设。导游介绍说："十八农庄总占地面积 30 余亩，涵盖了四季果蔬花菜田、十八锅灶、篝火广场、百米农耕文化长廊、咯咯哒窝棚、龙虾湾等多种功能区域。十八锅灶能同时容纳 200 人进行户外参观、采摘、垂钓、起灶、篝火晚会等团体活动，游客朋友除了可以享受田园无害时蔬、走地鸡等美食外，夜晚也可以组织篝火晚会，齐动手烤全羊、烤肉串、哈啤酒、唱卡拉……百米农耕文化长廊，品味老一辈为农时

代的文化，体验手推车、锄头等老农具的乐趣，让孩子感受
到老一辈生活的来之不易和艰辛。"

再往前走，路边有两个大菜棚，菜棚北边是一个又高又大、
足有半个足球场大的玻璃幕墙的大棚，导游说，这是个 AI 体
验游戏馆。

路的尽头直冲着红色教育基地。从这里左拐，行走数十米
便可见一座拱形桥，几个人立在桥上。桥下是清澈的羊毛沟河，
往北看河流两边是大片摇曳的芦苇和柳树，每相隔六七米便可
见一栋或像蒙古包或像新疆牧民大帐篷或像伊斯兰圆球顶小
屋的木房子。往东南是一片蜿蜒于芦苇和矮树丛中的人造湖。
湖的东面是他们刚刚路过的大路，西面是一大片花地、田野
和矮树林，那儿是一个梦幻般的地方，它的西边就是羊毛沟河。
导游带领他们走进这片梦幻之地。一座比普通教堂略小的哥
特式教堂映入眼中，周边绿树围绕，玫瑰花儿、郁金香花儿
和许多叫不上名字的花儿沿河盛开。这片区域就是浪漫婚礼
区。

他们顺着内湖往前走，前边的一片矮树挡住了行路，树
林的深处有高大的恐龙颈项伸出密林昂首向天，似在长啸。
这就是迷雾恐龙。这里的树名叫柽柳树，是一种罕见的耐盐
碱土壤的树木。这里长成了覆盖大片盐碱地的绿树，彰显着
生命的耐力和顽强。"迷雾恐龙岛总占地面积 30 余亩，位于
羊毛沟柽柳岛上。岛上遍布盐碱地特有的植物柽柳树，大型
仿真恐龙 70 余组，譬如高达 20 余米的腕龙、脊背龙、霸王龙、

三角龙等。利用现代声光电技术制造迷雾幻境，最大限度地复原侏罗纪时代恐龙岛的面貌，利用多项现代娱乐科技手段，加上环境布置和声光电效果，以仿真恐龙和模拟场景、恐龙互动和现场表演等内容，营造科学启智与游览体验相融合的动感空间。触手可及的恐龙模型、生动活泼的互动环节，让孩子们走出教室，在'探梦恐龙岛'主题公园内体验了特殊的科普教育课。通过亲身体验，更激发学生对自然、科学的兴趣，让学生和家长有机会认识恐龙，探秘侏罗纪时代。"导游一边领着他们穿越柽柳林，一边绘声绘色地描述着。

他们穿过密林和迷雾，来到一个喷雾的水池边，水池里站着几只恐龙，高的有四五米，矮的一米多高，嘴里都吐着浓浓的雾气，周边的密林中也有恐龙时隐时现，它们或仰头或低首。观赏了一会，他们又往四周观望。水池边的柽柳林里，一只头顶长着鹅冠一样的红冠的小恐龙吸引住他们的目光。这只恐龙比一般的恐龙小，有一头小牛那么大。他们走过去，看到标牌上的介绍说这是一只青岛龙，这让他们惊喜万分。青岛龙又名棘鼻龙，生存于白垩纪晚期，是中国发现的有顶饰的鸭嘴龙。离开青岛龙，导游带他们穿过一片柽柳林，又沿着内湖边前行了一段，过了一个小桥，视野里的树渐渐稀少而花儿多起来。像大绒球一样的花儿开始蔓延在田野里，花儿与稀稀疏疏的树木间，出现像军事电影里那样的训练场，有吊桥、直板墙、平衡木等等。导游说："这里是勇士练兵场，总占地面积十余亩。该场地是仿照《真正男子汉》娱乐节目，由专业拓展大咖亲自设计打造的新型的双赛道式拓展场地，主要针对亲子家庭、企业、中小学生开展户外拓展训练、团队建设等需求。"穿过勇士训练场。紧接着的又是一片青少年模式的（游乐园式）训练场，导游介绍道："这里是初酒嘟乐园，总占地面积五十余亩，是岛城最大规模非标定制主题乐园。乐园设计理念以及部分游乐设备设计和选择出自初酒姑娘，人物造型和门头手绘出自上合长卷手绘作者。主题人物初酒姑娘，四叶草为底座代表着幸运，踏花涉水发丝飘扬代表着'疫散花开向你奔来'。乐园一半七彩塑胶地代表着现代风格，上面有云朵滑梯、蹦蹦云、山坡滑梯、彩虹步梯、山坡攀爬、蹦床、体制能组合套装、小车转转等四十余种设备；另一半黄土地代表着农村风格，原木无动力龙舟秋千、滚筒、真人打地鼠、手摇飞椅、老式秋千、荡桩、荡桥等四十余种设备，也不乏网红体验项目水帘秋千、烟泡树等等。"

　　穿过练兵场和青少年乐园，导游带他们向羊毛沟河走去。他们来到河边，一条铁轨沿河畔向南北延伸。导游说："这是通向火车科普基地的轨道。火车科普基地总占地面积15亩，涵盖火车科普长廊、动车餐吧、蒸汽火车，能同时满足200个中小学生参观学习。基地主要通过宣传展示架，由专业老师带队讲解介绍火车从古至今的发展史以及整个中国高铁发展的过程。这里结合铁路实际，根据时代背景的不同，设置不同的场景颜色，突出高铁特色，普及科学知识，宣传铁路发展史文化，让学生走进高铁，感受中国速度的奇迹，感悟大国重器的力量。"

他们跨过铁道来到岸边，对岸刚建起的一片高楼赫然入目，河流很宽，有 300 多米，一座玻璃天桥横跨两岸，天桥离水面 30 多米。他们顺塔楼的铁梯登上玻璃天桥。夕阳西下，霞光与河水交融成一片片泛着红光的波纹，滩头、芦苇、矮树、闪着锈光的铁轨、火车、动车，对面岸边高耸的高楼和塔吊以及映在河面的倒影，构成了羊毛沟湿地梦幻般的视觉盛宴。导游告诉他们那些楼是下崖村与一家大开发商联合开发建成的，靠岸边的是村民搬迁安置房，里边的那片是商品房。

"那边那一片也是下崖村开发的吗？"崔军明指着下崖村南边小山丘南坡的一大片塔吊林立正在建设的工地问。

"那是一家开发商建的商业小区。"导游回答道。

"那面呢？那一大片厂房和楼房，好像是很大的一片工业区。"崔军明又问道。

"那是中车四方机车车辆厂，还有我们棘洪滩街道为之配套的一些工厂和服务企业，是动车小镇。"

"四方机车车辆厂很大吗？"

"很大，它是中国北方最大的火车生产企业，中国的高铁动车差不多有一半以上是它生产的，有 4 万多工人。"

"特色小镇很多都是昙花一现，过些年都不行了，空有虚名。你们这个动车小镇还可以吗？"崔军明接着又问道。

"很好呀！这里是产业的摇篮。第一辆'和谐号'、第一辆'复兴号'从这里驶出，第一辆 600 公里高速磁浮试验样车在这里下线。示范区轨道交通重点配套企业 220 余家。全国一半以上的高铁动车、近四分之一的地铁车辆从这里驶出。

这里是创新的高地。国家高速列车技术创新中心作为中国第一个国家技术创新中心落户示范区，是集政府、科研院所、高校、企业等多方力量共同构建的国际化、专业化创新平台。

这里是开发热土。依托青岛市政府与中车集团共建协议，示范区将集聚各方资源，总投资 3000 亿元全面推动片区开发建设。

这里'围绕一个产业，打造一个小镇'，世界级'动车小镇'的名片，让全世界的目光聚焦在这里。作为青岛市又一个国家级新区。这里的功能定位是全球高铁创新发展引领区、国家新旧动能转换先行区、全制式轨道交通体验示范区、生态智慧品质活力样板区。

未来，这里将打造成具有全球影响力的国家高速列车技术创新中心；产城融合、宜业宜居、时尚美丽的青岛轨道交通产业示范区，以及具有世界影响力的动车小镇。预计到 2035 年，青岛轨道交通产业示范区总人口将达 40 万人，产业集群规模将突破 5000 亿元。

动车小镇还规划有动车主题乐园项目，项目规划占地面积约 4000 亩，打造以动车为主题 IP 的一站式国际级休闲旅游度假目的地。

2021 年 1 月，青岛市妇女儿童医院城阳院区开始试运行。城阳院区坐落于棘洪滩街道上崖社区附近，是进驻城阳区的首家公立三甲医院。

如今动车小镇的配套越来越完善。我们在这里生活和工作的幸福感也与日俱增，未来这里一定是一座宜居宜业的产业新城。

教育配套方面，中央民族大学附属青岛学校已成功签约，预计2022年9月份首次招生。

去年年底区域内投资建设的公交场站综合体项目主体结构全部封顶。这个项目是青岛市第一个集区域公交枢纽、体育健身中心、屋顶运动公园、办公配套为一体的公益综合体标杆项目……"

导游如数家珍，满面春风地说着。

乔敬祖感慨道："动车小镇！这里应该改名叫动车小城啦！"大家会心而笑。

"绿水青山就是金山银山，这话在这里真是应验了，要是不建湿地，还是大垃圾场，谁愿意上这来投资啊！"崔军明说。

他们边说边过玻璃天桥。纪高尚有恐高症，走了几步，腿便软了，颤巍巍地退缩回去。其余的人边说边笑大踏步走过天桥；眼看就要走过玻璃天桥，突然脚下的玻璃发出嘎嘎的碎裂声，脚下的桥体也颤抖起来，几个人大惊失色，赶紧抓住护栏，停止了前进。柳绪春看了一下导游，见导游若无其事的样子，一下子明白了，这是特意设置的一个惊险环节。她哈哈大笑着，疾步走过最后一段玻璃桥，登上对岸的塔楼。其他的人也惊魂忽定，大笑着走向前，登上了塔楼。

　　下了塔楼，他们沿岸走了几十米，从一座颤悠悠的浮桥，走回湿地公园。走入湿地深处，穿过一片挂满青红果实的桃树梨树林子，眼前一大片粉黛花海像晚霞一样开满田地。导游介绍说："花海占地总面积 1000 余亩，是省内面积最大、岛城独一无二的千亩粉黛花海。每年花季来临，吸引各方游客前来观赏打卡。成片花海呈现粉色云雾海洋的壮观景色，成为一道靓丽的风景线，具有很强的观赏价值。花期可由 8 月份一直持续至 11 月中旬，观赏效果极佳，国庆节是一年中最佳的赏花期。"

　　这梦幻般的浪漫景象，让他们兴奋不已，他们争先恐后地拍照留念，在花海中流连。导游催促他们前行，说："前面是七彩旱滑。七彩旱滑起源于英国，是滑真雪的延展方式。旱滑的诞生，打破了滑雪只能在冬季低温环境中进行的自然规律。一年四季可滑，并且安全系数更高，娱乐、体验、互动性更好。园区整个滑道长 100 米，高 12 米，宽 12 米。由彩虹的颜色铺设而成的滑道，色彩绚丽，就像一道彩虹挂在空中。整条滑道可以分为初级道、中级道、高级道三个滑道，能满足亲子、青年群体的游玩需求。其中，初级道宽 5 米，坡度舒缓、宽敞，比较适合亲子、儿童等群体体验；中级赛道宽 4 米，在初级赛道的基础上滑道变窄，坡度变陡，比较适合亲子、中青年等群体体验；高级道宽 3 米，坡度陡，适合有挑战、有冲劲的青年群体体验。体验者从长长的滑道飞驰而下，整个身体仿佛从彩虹中穿过一样。"导游说得很卖力，但是他们几个人似乎没有听见导游在说什么，只顾拍照了。导游继续说："前面还有千米彩虹路、网红墙——千米彩虹路横穿羊毛沟南北两区，南起东南门检票口，北至葡萄长廊，宽 5 米，长约 1314 米，形容'一生一世'的爱情像彩虹一样多彩多姿。彩虹路边布满布朗熊、可妮兔等百余种玩偶。'不要抱怨''抱我'等百余种鸡汤网红话语展现在网红路中央，引起游客驻足欣赏与拍摄。长达 52 米的网红墙甚是壮观，得到青年情侣、小朋友、大朋友各种群体的厚爱！畅游在彩虹路上，抬头仰望，凤尾草、风铃、祈福袋映入眼帘，微风吹过，风铃会发出悦耳的响声……咱们往前走吧！"

夕阳沉入西边的天际，映红了半个天空，映红了整个湿地，粉黛花海更艳丽。他们依依不舍地走出粉色的世间，穿过七彩的滑道，走向啤酒节会场。导游说："羊毛沟花海湿地自 2016 年举办第一届水上国际啤酒节，2018 年被正式命名为'青岛国际啤酒节城阳会场'。这里有 2 个啤酒大棚，建筑面积 12000 平方米，总投资 550 万元，主要用于兴办啤酒节、美食节、大型团队活动等。看台区可容纳现场观众 3500 人，畅饮区可摆放酒桌 200 桌。这里的啤酒来自世界各地。这里的蛤蜊是真正的红岛蛤蜊。喝青岛啤酒吃红岛蛤蜊是青岛人的第一大人生乐事。"一行人被导游逗得哈哈大笑，乔敬祖说："今晚咱们就只喝青岛啤酒吃红岛蛤蜊。"大家说说笑笑地入了场，在一张临近演出舞台的桌子上坐下来。

夕阳完全隐没，暮色还没来得及笼罩湿地公园，炫目的

灯光便亮起来，人也越来越多，台上开始了激情四射的舞蹈和歌唱。几个人举杯畅饮，一杯又一杯地干。乔敬祖喝了他回故乡以后最多的一场酒，喝得脸红得像晚霞。他频频与大家碰杯干杯。

十二

　　青岛不像其他地方，一立秋天气马上就凉爽了；立秋之后的青岛天气照旧炎热难耐，素有"秋老虎"之称，但是早晚两头凉爽了很多，天上的云也是大朵大朵地堆积着，又高又远，气势磅礴。

　　本来他们打算去探望乔敬祖二伯伯家的堂兄弟和弟妹，不巧，人家两口子去青岛市区的女儿家了。他们只好临时改变行程，去桃源河。他们从上马街道办事处旁边的宾馆出发。一路上，纪高尚很动情地讲述起二伯伯家的弟弟和弟媳供小叔参加世界机器人大赛、弟媳去韩国打工供小叔子英国留学读博的故事。

　　"乔晓鹏是世界机器人大赛冠军，他这个冠军来得真不容易，是他父母、哥嫂两代人花尽家中的钱财把他培养出来的。他嫂子为供他在美国读博士还去韩国打了四年工。"

　　纪高尚的话引起了乔敬祖的好奇，乔敬祖说："看起来你对乔晓鹏的情况了如指掌，给我详细说说可否？"

　　"那可是，我跟他家可以说是最熟了，乔晓鹏在外地求学比赛多年。前些年咱这儿的人还没有那么时髦，不大会玩微信什么的，乔晓鹏跟家里人都是通过信函联系，我经常给他家送信，所以联系得特别勤。我这个人好拉呱，这些年信件也少，所以每次去了都跟他们拉半天呱。我喜欢他们一家人，喜欢乔晓鹏这个孩子的聪明劲。"

"咱这儿过去还是农村，乔晓鹏怎么会喜欢上机器人呢？而且还玩上了机器人制作、操作，还获得了世界冠军。你快给我讲讲乔晓鹏的事情。"

"好，好，你不用急，听我慢慢讲来。"他掏出一盒泰山烟，抽出一支，叼在嘴上，点了，吸了一口，慢慢吐出一片烟雾。他透过眼前弥漫的烟雾瞅着乔敬祖，慢慢说道：

"晓鹏这孩子从小爱看《变形金刚》《机器人大战》这类科幻电影、小说什么的，从小学的时候就开始用积木搭建机器人，上初中的时候就开始参加机器人比赛，还在市里获过奖。

上高二的时候，晓鹏收到一份去北京参加比赛的通知，这是一个全国性大赛。晓鹏收到通知，兴奋地跳了起来。参加全国级别的大赛是他梦寐以求的，但是参加大赛要交好几百元的参赛费，火车票、住宿、吃饭的钱都得自己拿，加起来得近 2000 块钱。这笔钱对于靠种菜谋生的父母来说可不是小数，他们怎么舍得拿出这么多钱呢？晓鹏陷入了苦闷。他把自己关在卧室里，翻来覆去地看着那张通知书。他娘推门而入，盯着他像看一幅画一样看了好一会儿，问他关着门看什么东西半天不出门。他告诉了他娘。他娘问参加这个比赛有什么用呢？他说：'现在很多名校都很重视机器人大赛，如果获了奖，考大学可以特招，国外一些名校专门找这方面成绩突出的学生，给发很高的奖学金。'他娘似乎听明白了又好像什么也没明白，

一声不响地退出了屋。

第二天一早，他娘跟他说：'我跟你爸商量了，你爸说，你三爷爷前年从台湾寄来 500 美元，把美元换了，让你去。'晓鹏慌忙摆手，说：'娘，千万别用这个钱……'正说着，晓鹏的哥哥和嫂子走进门。晓鹏的嫂子也是咱上马人，叫刘红梅，人长得很大气，一双大眼睛，高高的鼻子，嘴也大大的，像好莱坞明星梦露的嘴。她人长得大气，行事也大气，性格大大方方的，快人快语。她一进门就喊道：'晓鹏恭喜你了。参加全国的比赛，了不得了。'她说着从包里拿出 1000 块钱，说：'俺也没有太多闲钱，这些钱你拿着花，不够咱再想办法。'晓鹏推让着，一脸不好意思。他说：'嫂子，你刚生完孩子，家里紧，我不能要你们的钱。''拿着拿着，俺没有多还没有少，别嫌少。''不是，不是。'晓鹏急红了脸。他把脸转向他母亲说：'娘，我真不去了，花这么多钱，还不一定能拿到名次……''行了，去吧！你爸爸说了，人活着不为别的，为得个好名声。我和你爸爸辛辛苦苦供你上这么多年的学，图的不就是你有出息吗？'他嫂子也插话说：'去，一定要去，不去怎么知道能不能拿到奖？别疼钱，钱是人挣的，机会可是难得的。'说着，把钱又往晓鹏的手里塞。晓鹏拿了钱，谢了哥嫂，回到自己屋里，眼泪哗哗地流下来。

机器人大赛是 20 世纪末才在中国兴起来的，乔晓鹏正好赶上了。机器人大赛分机器人足球赛、灭火赛和综合赛。晓鹏参加的是机器人综合赛。这是一项将科技与教育融为一体的竞赛。晓鹏在选拔赛中入围，被编入华北中学生代表队，他们这个队过五关斩六将，最后获得第四名。晓鹏个人发挥出色，引起了行业专家的关注。高考时，凭借这项特长，被特招到北京科技大学。

天有不测风云，人有旦夕祸福。大学快毕业那年，晓鹏他爸查出肝癌晚期，家里人为了不影响他的学业，一直对他隐瞒着父亲的病情。那年六月份，晓鹏的父亲病危的时候，晓鹏正在紧张集训，备战第十三届国际机器人大赛。晓鹏父亲最后陷入昏迷状态，嘴里无力地、断断续续地念叨着晓鹏的名字。父亲三四个月没见到晓鹏，弥留之际思念儿子的心情无法抑制。晓鹏他娘听着丈夫一声声呼唤儿子，心里像被锥子一下下猛戳着一样刺痛，眼泪止不住地流。亲戚邻里也主张赶紧让晓鹏回来见他父亲一面。晓鹏他娘哭得浑身发抖，就是不肯松这个口。她躲在茅房里哭了半天，做了最后的决定。她来到晓鹏他爸的病床前，伏在他耳边，温和而坚定地说：'他爸，我知道你想晓鹏，俺也想，俺也想让你见见他，可晓鹏马上就要打世界比赛了，咱别耽误孩子，咱好好祝愿孩子，等他打完比赛，让他拿着奖章回来给你交代……'晓鹏他娘哽咽起来，双肩颤抖，说不下去了。他父亲似乎听明白了，安静下来，再没有喊着找晓鹏。晓鹏参加的北京科技大学队，拿下了第十三届国际机器人大赛冠军。他带着金灿灿的奖章赶回家的时候，父亲早已落葬。他捧着鲜花和奖章来到女姑山纪念堂，跪在父亲的灵位前，把奖杯举过头顶，想说些什么，刚要开口，眼泪就像决了堤的洪水一样哗哗流下来。他说不出一句话，忍不住呜呜地哭起来。他在心里发着誓：爸爸放心，我一定努力，为中国机器人事业的发展作出贡献，为国争光，不辜负你们对我的培养！他站起身，擦干了眼泪，又跪下，给父亲磕了三个响头。

晓鹏很快被美国斯坦福大学录取为研究生。得到这个消息，一家人又是喜又是忧。晓鹏的眉间又一次拧成了大疙瘩。晓鹏很想去美国深造，这是他成为高级科技人才的必由之路，但是去读研一年得花多少钱呢？尽管他可以拿到很高的奖学金，学费不成问题，课余可以勤工俭学，但是毕竟美国的消费高啊，一年至少也得有五万的缺口，这些钱上哪弄呢？母亲年纪大了，也没什么正式的工作，种点菜卖，能养活自己就不错了。他想到了贷款，可是读完硕士他还想读博士，三四年下来三四十万，上哪去贷款呢？晓鹏又把自己关进了屋里，茶饭不思。

嫂子刘红梅知道了晓鹏的难处，她拖着丈夫来到婆婆家，大包大揽地承许下来，说：'晓鹏，你就放心去美国留学吧，学费不够，我和你哥哥借钱也得供你上学。'晓鹏再一次被感动地流下眼泪。他哽咽着说：'嫂子的大恩我铭记于心，我不能白花你们的钱，我留个字据，等我学成毕业，我挣了钱加倍偿还。'他说着跑回自己的房间，流着泪写下了一个借款字据：我乔晓鹏自今年至2015年，每年借用哥哥嫂子资助留学款5万，5年共计25万。我学成毕业工作后，3年内加倍偿还哥嫂资助的留学款 50 万元……写完，他擦干眼泪，郑重其事地拿着字据，一脸凝重地走到嫂子面前，双手捧着字据递给嫂子。刘红梅愣怔了一下，接过字据，看过，忍不住哈哈大笑起来，说：'晓鹏，你这是弄哪一出戏？俺也不是放高利贷的，咱一家人不说两家话，只要你争气，比多少钱都好。'说着，把纸条揉成了一个纸团，扔进了垃圾筐里。

刘红梅和老公都在工厂里上班，当时两个人的收入加起来每月不到 4000 元，孩子又正上中学，日子过得并不宽裕，两个人省吃俭用多年才积攒下来 3 万多块钱。小叔子晓鹏第一年出国花费多，至少需要 3 万元。没办法，刘红梅只好硬着头皮回娘家借。她把情况一五一十跟她爹娘说了，她爹说：'孩子，这钱咱们必须拿，供出个人才，老天也会记住的。'老头子说着把闺女带到炕边，掀开炕上的皮革席子，搬开炕上的一块方形木板，从炕洞子里拿出一个红布包，打开，从里面拿出一叠 10 元一张、50 元一张的钞票，厚厚的一大撂，足足 2 万元。这是老头子大半辈子一点点积攒的血汗钱啊。刘红梅至今想起这一幕，眼圈都会发红。刘红梅他爹又把四个儿子召集回来，让 4 个人每人拿了 2000 多元，帮刘红梅凑够了钱。

晓鹏终于有了出国读研的钱，顺顺利利地去了美国斯坦福大学。一家人欢欢喜喜地送晓鹏上了飞机。回到家里，刘红梅的愁绪却涌上心头。小叔子第一年留学的费用解决了，明年怎么办呢？儿子马上也要考高中了，费用也不少，钱从哪儿来呢？借都没处借啊。万般无奈之时，天赐良机，刘红梅所在的公司有一个可以去韩国打工的名额，为了解决供小叔子上学的资金问题，刘红梅想都没想第一个报了名。回到家里，她和丈夫说到此事，两个人都落了泪。毕竟孩子正在读书，也需要她照顾啊，她这样冷不丁一走，苦了丈夫，更苦了孩子。

在韩国打工的日子，远比刘红梅想的还要难。这期间，刘红梅干过很多活，如缝纫工、纺织工、食堂工人等。在异国他乡，语言不通，高强度的工作，其中的辛酸和孤独只有她自己知道。有一次，刘红梅生病了，想去买药，可是看不懂药品说明书，坐公交车转了几趟，自己也迷路了。她当时真的特别想家，特别想回家，就感觉自己真的坚持不住了。

在纺织厂工作的时候，为了多赚点钱，刘红梅主动和老板申请加班。本来衣服的烘干工作是每个员工轮流干，可是刘红梅为了多挣点钱请求老板让自己负责烘干工作。在偌大的升温车间里面，就她一个人负责升温工作。她需要每天比别人早来40分钟。她当时也挺害怕的，不过为了多赚点钱早点回家，再苦再累也忍了。每个月发工资，刘红梅都会第一时间往家里汇钱。拿着一张张汇往家里的汇款单，刘红梅嘴角总会微微上扬。

在韩国打工的四年里，刘红梅的父亲和婆婆去世了，她都不能回去哀悼。在父亲最需要她的时候，她都没能在父亲身边尽孝，她觉得对不起父亲。那段时间，她在韩国的每天晚上都会梦见父亲，每晚几乎都是哭着醒来。在异国他乡的每一天她都很想念家乡，尤其在逢年过节的时候，在街上看到别人都是一家三口其乐融融，心里就格外难受。她恨不得立马买一张机票回国与丈夫和儿子团聚，但是想想还在等着学费的小叔子，还是放弃了回国的冲动。

四年以后，乔晓鹏顺利地读完了博士，家里的经济条件也逐渐好转。刘红梅结束了四年的国外打工生涯，回家了，后来，经过一家人的努力奋斗，刘红梅家的日子也越过越红火。如今，小叔取得博士学位，成了美国哈佛大学的教授。刘红梅的儿子也考上了研究生。乔晓鹏经常对刘红梅的儿子说：'你不需要学习什么英雄人物，学习你的父母就可以，因为他们本身就是两个了不起的榜样。'乔晓鹏也一直很感谢嫂子的付出，事业有成后给刘红梅家买了房子，资助刘红梅儿子读研究生的各项费用……"

十三

"花篮的花儿香，听我来唱一唱，唱一呀唱……如今的南泥湾与往年不一般，不一呀般，如今的南泥湾与呀往年不一般……"

崔健男性粗犷的歌喉，伴随现代摇滚音乐，表达出无法言表的深沉和兴奋。一位两鬓斑白、60多岁的男人听着这首歌陷入深深的思考……

几代人的奋斗。吕家庄像南泥湾一样，名字的内涵已经发生了本质的变化。吕家庄这个名字的外延在迅速扩大——一个崭新的、繁华的现代化新城区，在这片浸透着血与汗的土地上崛起。

作为吮吸着这片热土的乳汁成长起来并为这片热土呕心沥血抛洒汗水的一代人，他们为之自豪、为之骄傲。

在他的记忆中，永远难忘童年时代生他养他的这片土地的贫瘠；也永远抹不掉那一张张被土地、阳光烘烤得黝黑黝黑的面庞。他们是他的父老乡亲，一群朴实得不能再朴实的人，是与他一起以勤劳智慧、血与汗创造了今天吕家庄美好生活的人们。

这位两鬓斑白、60多岁的男人正是吕良智，吕家庄一位从社员、技术员到工厂厂长，干了近40年村书记的人。

作为人生，他身后的那一个个脚印是沉重的；作为历史，他身后的那一串串足迹是辉煌的。

40年前，一个初秋的黄昏，夕阳朦胧的余光笼罩着青岛。熙来攘往的马路上，行人们的目光齐刷刷地被推菜车的一位青年男子和一位中年男人牵引过去。两位乡下汉子每人推着一辆我们现在在电影里都很难见到的木制独轮车，车上满载着比他们身高略低一点的蔬菜，这车蔬菜有六七百斤。汗水顺着他们的脸庞如雨滑落在地，被汗渍浸黄的汗衫紧贴在脊背上。他们脚步沉重，躬着腰，摇摇晃晃迈着步子……

夕阳沉入大海，天色渐渐黯淡，路上行人稀少了。

"四哥，歇会吧？"年轻的吕良智吃不消了。

吕相智放下车，喘息着从车上拿起衣服擦干脸上的汗。两个人在路边坐下来。吕相智掏出烟纸、烟壶卷了一支烟，把烟壶递给良智。

"还得走半个小时，是吧？"良智苦咧咧的样子。

吕相智吸着烟，没有回答。他太累了，感觉自己连动嘴的力气都没有了。

"太远啦，都快有20里路了，以后快别往这送了。"良智是条好汉，也是一根直筒子。

"不送怎么办？一次可以多挣好几块钱呢。"相智顶了他一句。

他们沉默了。他们想站起来赶路，可浑身像酥了似的，一点儿力气没有。疲倦袭遍他们全身，上下眼皮交上火了。没过多久，两个人歪倒在路边，呼呼地入了梦乡……

这就是一代农民辛勤劳作的图景。

推着六七百斤重的一车菜跑十七八里路，就为了给集体多赚几块钱。这在年轻一代人眼里简直是一种不可思议的行为。他们为了什么？为了生存，为了发展！多挣几块钱就能多买几十斤地瓜干、玉米面，养活一家老小。他们就这样生存下来，并且以这种生存方式养育了下一代，供他们上小学、念中学甚至读大学……只要后代有出息，他们那饱经风霜的脸上就会绽放阳光一样灿烂的笑。

这就是中国的一代农民。

农民苦，种菜的农民更苦。城里人吃菜都讲究新鲜，为这，菜农们天不亮就得爬起来割菜，常常是一干干到晌午，肚子饿得"咕咕"叫。种菜如养花，水和肥得三天两头浇。那时候，全靠肩挑手推，更苦的是菜农们这样披星戴月、汗珠子跌成八瓣却挣不了几个钱。

一向乐呵呵的吕良智沉默了，常常是社员们都收工回家了，他一个人还蹲在地头痴痴地琢磨，一袋接一袋吞烟吐雾……晚上回去他也是翻来覆去睡不好觉。他在苦苦思索，这么苦的日子什么时候能熬出来，怎么样能让乡亲们过上富裕的日子呢？

"老天不负苦心人。"绞尽脑汁的他有一天终于得到了个从天而降的信息——崂山李村物资回收站想找个加工铁的厂家。

"对，为什么不以工养农？！"

"以工养农"这词在今天已经通俗得妇孺皆知。然而，在当时那个年代，你若举起左手或右手喊上几嗓子，不把你打成个"反革命（现行的）"，也会定你个走资本主义道路的罪名。要知道"粮食是纲，其余都是目"。

吕良智不是不知道那些条条框框，但是，为了父老乡亲吃上一口好饭、过上几天好日子，他顾不了太多得失，硬着头皮找到了村书记。

书记政治觉悟虽高，听了他的一片肺腑之言，竟然也动了恻隐之心，表示对他的支持。书记亲自担任厂长，让吕良智干副厂长。

来自不同角度的压力和非议，吕良智已经无暇顾及。他领着十多个青壮年农民撂下锄头拿起铁锤，叮叮当当干开了炼铁的行当。

那时候，电力特别紧张，白天不供电，工人们只好上夜班。除了修长城那活，炼铁大概是最苦的了，碎铁渣子又沉又黑，厂房设备又简陋，火炉子、烧红的铁块烘烤得人肉体灼痛。一个班下来，工人们的脸成了包公，浑身上下粘满油渍灰污，衣服被飞溅的铁屑烫破一个又一个洞，十多个小时不间断抡大锤累得他们腰酸腿痛。工人们的牢骚话一天天多起来："出这个孙力干什么，挣不挣钱还不知道呢！"牢骚话传入良智的耳里，他没有责怪工人。白天，他从青岛到崂山来回窜了几趟，晚上，放下饭碗，他又匆匆忙忙来到工厂，顶着淡淡的月光，跟工人们一起甩开膀子抢铁锤。"人心都是肉长的。"看到自己的副厂长白天跑业务，晚上还跟大伙一起抢大锤，工人们被感动了。他们把副厂长推出工棚，热火朝天地干起来。

后来，有人看他整天东奔西跑忙得团团转，给他出主意让他买一辆自行车。于是，田野上、大道上出现了他骑着自行车风风火火的影子，社员们便戏称他"车子厂长"。

当年年底，"车子厂长"协助村支书创造了一个奇迹——废铁加工厂一年创利 3 万多元，加上蔬菜收入，全队全年赢利近 5 万元。过去忙活一年挣一二百元钱的社员们，一下子分到手 2000 多元。他们兴奋得差点落下泪。人们奔走相告。"车子厂长"疲倦的脸上露出了欣慰的笑。

这是吕家庄脱胎换骨的开始。

尽管挣了 3 万多元的利润，但是吕良智心里还是忐忑不安的。他知道干工业跟种庄稼种菜一样都是技术活儿。种庄稼种菜对于他们来说是轻车熟路，但是干工业他们还是门外汉，请来的师傅也是半拉子武艺，技术不够精湛，所以生产加工出来的产品质量很不稳定，残次品率太高，产品成本过高，弄不好，忙活半天最后还会亏损。吕良智认识到技术是工业产品成败的关键，自己必须掌握生产技术，成为一个行家，也只有这样才能管理好工厂，才能保证产品质量，工厂才会健康发展，市场才能越做越大。

　　汪国真的一首诗广为传诵：我不去想是否能够成功，既然选择了远方，便只顾风雨兼程……

　　吕良智选择了远方，但同时他也想到了成功，而且必须成功。为了成功，他开始了栉风沐雨的征程。这是一种事业心，更体现了一种高度的责任心，这才是我们这个时代真正需要的。他跟村支书提出要到城里大企业去学习铸造技术，书记支持他的想法，说："村子的发展将来就靠你这样的年轻人了。去吧，工分我按每天半个工给你记，你学好了，一定要回来。"

　　吕良智进城的那一天，是一个深秋的清晨，马路两边枯黄的树叶纷纷落下。他的弟弟推着自行车，后座上载着小半麻袋地瓜，黄瓤的，又香又甜的地瓜是他母亲特意给他的，是他大约两个月的口粮。在家里，他吃得最多的是地瓜干，捞不着顿顿吃地瓜，进了城不能总吃地瓜干了。

　　他们踩着满地的落叶，走到长途汽车站，吕良智背着小半麻袋地瓜上了车。一个多小时以后，他进了城，下了长途车。他背着半麻袋地瓜，走了四五里路，终于到达目的地——青岛铸造机械厂。天很冷，但是汗水已湿透了他的衣服。

　　吕良智开始过上了像苦行僧一样的生活，白天在车间干活，晚上就自学模具制作与铸造工艺的理论。慢慢地，他从理论到实践都掌握了模具制作与铸造技术，也喜欢上了这些东西。车间里的师傅们也都喜欢这个聪明勤劳的年轻人，他带去的地瓜都让师傅们拿馒头和米饭换了去。他吃了大半年的馒头和米饭，人也白胖了。有时候，他嚼着香甜的馒头，心里暗暗下决心：一定要好好把技术学好，回去把工厂干好，多挣钱，挣大钱，让乡亲们都吃上大馒头和白米饭。

八个月匆匆而过，吕良智学艺成功，收获满满，他踌躇满志地回到村里。老书记已退，新书记上任后，取消了老书记给吕良智每天记半天工的待遇，吕良智连问都没有问一句，他一心想把村里的铸造厂干好、干大，根本无暇顾及自己的利益。这个时候，铸造厂一片混乱。因为技术不稳定，净出残次品；因为工艺落后，产品也没有创新，全是些低档次的粗加工活，工厂连续亏损了六七个月，工人的工资奖金都发不出来了。吕良智主动提出承包铸造厂，新书记正被这个包袱愁得团团转，巴不得甩掉这个大包袱，就痛痛快快地答应了。

新官上任三把火。吕良智知道工厂的职工过去都是地地道道的农民，文化水平较低；再加上农村的血缘、宗族观念，管理起来的确令人头痛。这就需要有一套独特的管理方法。

在大企业里学习过的吕良智很快找出一套独特的管理方法。

破"三铁"，这是吕良智的第一把火。

"必须打破'三铁'，不然都闭着眼吃那点饭，什么样的锅还吃不空？不这么办，工作没法干，职工没有动力，供销人员没有压力，都不干，工厂不可能有今天的发展。"吕良智说这番话时，目光里流露着一种刚毅果敢的神情。这是一种责任心的体现。透过这种神情，可以感受到他对工作、集体、国家那份深沉的爱。

这份爱和责任感，赋予了吕良智一种神奇的力量。他不仅把一个混乱不堪的工厂很快管理整顿得井井有条，充分调动了职工的积极性，而且维护了集体的利益。

"赏罚分明"是吕良智的第二把火。少数人受不良社会风气的影响，学会了"挂羊头卖狗肉"，利用集体的医疗费、保险费做保障，利用公家的资源为自己捞外快，这是一个令人头痛的社会问题。这个问题也摆在吕良智的面前。他的方法干净利落：允许个人发财，但必须保证集体利益。年底个人必须毫无条件地完成承包额，额外的利益全部归个人，完不成的从抵押金及来年工资中扣。

"当领导必须跟上时代的潮流，必须要有开拓精神，要不然靠边站吧。"这是他自己的写照，也是他对自己的勉励。这才是最绝的一招。吕良智的开放思维调动了业务人员的积极性，工厂的业务从单一的为市物资公司加工制造炉具扩展到加工各种机械、餐具等上百个品种。销售额打着滚儿翻着番增长。当然这些品种的增加，关键是吕良智手中掌握着到家的技术，具有独特的创新能力，能够确保产品的质量稳定和优良。这是吕良智三把火中最厉害的一把火。这把火把工厂的生产技术显著提高，把产品的市场越做越大，工厂的销售额和利润超过承包合同约定数额的 10 倍。吕良智没有把这 20 多万装进自己的腰包，他拿出一半的钱上了新设备，剩下的钱全部以奖金的形式发放给了工人。

这一年村里改选，他被村里的党员联名推举并经上级任命当上了吕家庄的带头人——党支部书记。这一年，他 22 岁。

他当了书记，兼任着分管副业的村委会主任。"无副业不富"，这在当时是一句流行的口头禅，他就是要让父老乡亲们都富起来，富得天天吃馒头和白米饭，吃大鱼大肉，住宽敞明亮的新瓦房，住高楼大厦。

他不断创新、不断开拓，因为工艺先进、质量优秀，铸造厂为青岛物资局和供销社所信任，全市的三分之一家用炉具由吕家庄铸造厂专供。在做好铸造厂的同时，吕良智又兴办了塑钢门窗厂、塑料加工厂、旅游鞋厂、酒店、宾馆等十多家企业，所有项目都是当年投资当年盈利。从此，吕家庄日新月异，走上了富裕的道路。很多村民的收入开始超越城里工人的工资，村民开始天天吃白面馒头、白米干饭，不少村民盖起了大瓦房或将旧房屋翻建成新瓦房，有的还盖起了小楼。

一栋栋大瓦房、小洋楼让昔日灰旧的村子亮丽起来，但是村子里那条黄泥路似乎更加灰黄了，晴天满街土雨天满街泥，与一天天越变越靓丽的村庄极不相称，坑坑洼洼的土路也影响了村民的出行和货物的运输。这个时候村子里也有了钱，吕良智提出要修路，村委们一致同意，村民们更是欢呼雀跃，全村人齐心协力配合施工单位工作，很快一条宽敞的闪着黑幽幽的沥青光泽的大道修成了。大道从村里一直通到镇中心与镇上大道连接起来，畅通无阻。栽下梧桐树引来金凤凰，道路交通的畅通引来不少商企来村里投资，租地、租房子、建仓库、办工厂、开商店酒店的络绎不绝，其中有七八家韩资企业。

这一年是 1989 年，吕良智在书记的岗位上已干了 7 年，吕家庄已经成为远近闻名的富裕村，吕家庄的发展进入稳定阶段。当时全村共有土地 600 亩，经村集体讨论决议拿出一半的土地用来建工厂。从 1983 年开始，在青岛市区企业的帮助下，吕家庄引进了一家旅游鞋厂，全村男女老少只要愿意都可以去工厂上班，基本解决了村里人的就业问题，保障了村民基本收入。紧接着，村里引外资扩建，先后引进了机械、橡塑、服装鞋帽、箱包、纺织、汽车配件等外资企业 7 家、内资企业近 10 家。到 20 世纪 90 年代末，社区经济总收入达 8000 万元，工业总收入占经济总收入的 98.1%，人均收入 6000 元。吕良智知道不进则退。尽管村子的产业和收入创造了令人欣喜的成绩，但是随着工业逐步实现机械化，吕家庄面临新的挑战。"

该更新更新，该上马上马，不能在一棵树上吊死。这朴实无华的语言，道出了一个管理者多少年摸爬滚打总结出来的经验。

那些年，大家一见加工废铁赚大钱，橡胶、纺织加工也能挣钱，便一拥而上，一窝蜂似的你争我抢，结果"粥少僧多"，原材料涨价，成品难销。这一苗头刚一露，吕良智当机立断："别人都抢咱让，利用资金干别的。"

随着城镇化步伐的加快，第三产业迅速发展。这给吕良智提供了一个又一个机遇。可是选择什么好呢？吕良智的眉头又一次拧成了大疙瘩。

"要想改变咱村的面貌必须上企业、搞商业……"富有经济意识的吕良智在村委会上侃侃而谈,"吕家庄发展商业,条件得天独厚,现在政策活了,咱们不发展,跟不上形势;咱们村离城近,又紧靠新城区,交通方便,搞商业占据了天时、地利、人和,干什么事都会成功。现在咱们具备了'天时'和'地利'的条件,只要大家伙齐心合力干,咱吕家庄用不了几年,一定会彻底改换面貌……"吕良智讲得有理有据、头头是道,村干部坐不住了,一个个跃跃欲试。

"圣人生非异也,善假于物也。""伟人之所以伟大,是因为他们站在巨人的肩膀上。"吕良智不是圣人,也不能算是伟人,但他是个善假于物、善借势而行的人。"认准了就干。"这是吕良智秉持的观点。

吕良智带领社区人员着手招商三产服务企业。他们跑遍了市内的各大商场、大酒店,真是跑断了腿、磨破了嘴,但是没有一家企业对吕家庄感兴趣。在他们的眼里,吕家庄就是一个偏远的农村,在这里建大商场、大酒店简直就是在牛粪上插花、在沙漠里建高楼。说来也巧,正当吕良智他们四处碰壁、灰心丧气的时候,一次偶然的机会,吕良智的爱人李玲结识了家佳源购物中心的负责人。李玲带那位负责人来吕家庄看了看,那人竟慧眼识珠,看好吕家庄周边村民和企业人员的消费能力和发展潜力,有意在这里投资建商场。这真是"众里寻他千百度,蓦然回首,那人却在灯火阑珊处"。吕良智像抓住了这难得的机会,为争取到家佳源落地吕家庄,

吕良智和社区工作人员多次上门宣传、介绍政府和社区的优
惠政策，多次邀请企业前来实地考察。在多次努力之下，家
佳源终于决定投资 1.5 亿元兴建"城阳家佳源"大型购物中心。
该购物中心占地 2.6 万平方米，建筑面积 3.6 万平方米，建成
开业后迅速成为城阳区的商业爆点。

"家种梧桐树，引来金凤凰。"吕家庄社区的区域定位转
型很快吸引来一大批商业单位入驻。2005 年，青岛利群集团
主动与社区取得联系，接洽商业合作；2012 年，丰田 4S 店进
驻吕家庄；2013 年，归社区所有的商业网点房达 3000 平方米，
商业已成为社区的优势产业；2017 年，吕家庄社区总收入为
900 万元。

与此同时，吕家庄也在积极打造属于自己的城市名片。
随着家佳源和利群两大购物商场的投入使用，吕家庄成为城
阳区日均人流量最大的地方之一，不少小商小贩也聚集到了
这里，自发在路边摆起摊位。

21 世纪初，吕良智去深圳考察的时候，晚上逛街，看到
深圳夜市繁华热闹的景象，他萌生了一个想法：吕家庄现在
常住人口和在周边商业、企业打工的人有十多万，晚上无处
可去，如果建一个夜市，不是一举多得的好事吗？

回到村里，吕良智便开始做市场调查，结果正如他所料
想的，这里十分需要也十分适合建一个大夜市，而且正阳路
上正好适合建一个规模不小的夜市。

理想是浪漫的，理想一旦要变成现实，就很骨感了，就

需要付出巨大的努力，克服种种困难才能实现。吕良智决定建造一个青岛最大、最红火的夜市。他一次次率队到深圳、广州、成都、重庆、南京等城市去考察，又请来专家和区市市场管理部门的领导来指导、帮助规划，历经六七年的努力，终于在 2008 年开始建设吕家庄夜市，先后将零散商户规整起来，又大力招商，成立了城阳"深夜食堂"——吕家庄夜市。夜市位于城阳区正阳路上，全程 300 多米长，占地面积 3000 余平方米，拥有 600 多个摊位。这里为数千人提供了谋生的岗位，也为成千上万的城阳人丰富了夜生活，打造了城阳区新的民生名片。

最爱的夜市味道回来了！2020 年 4 月，恢复营业的城阳吕家庄夜市被央视关注并报道。吕家庄夜市始建于 2008 年 10 月，是目前城阳区乃至青岛有名的夜市。每到华灯初上，夜市上小吃杂味满街飘香，熟悉的烟火气让人馋而不累、满心欢喜。

乔敬祖是跟随崔军明来到吕家庄见到吕良智的。吕良智是市委宣传部选出的纪念建党一百年百名优秀党员之一。崔军明接到报社的采访任务时，正好在与乔敬祖一起吃饭。他说："敬祖兄，我明天去城阳的吕家庄采访一个老书记。这个书记很了不起，干了 40 多年的村书记，把一个穷村变成了青岛最富裕的社区之一，您若没有别的安排，就跟我一起去看看？"

乔敬祖欣然接受了他的邀请。

　　第二天上午，他们十点多就来到了吕家庄。虽然这里还叫吕家庄，其实已经没有一点村庄的痕迹，完全是一片繁华的城市景象，宽敞的柏油马路两旁，商铺一家连一家，高楼林立，车水马龙。他们沿正阳路行驶，在导航的指引下，右拐进入路边的一个封闭型小区。小区里的楼都是多层，一排排地很整齐，花草树木散布楼间。左边第二排楼就是吕家庄社区两委办公室，院子里竖着几块写着红字的牌子。他们下了车，拾级而上，走入社区办公室大楼。一楼是一个厅，不是很大，30多平方米，墙上挂着几块标语牌子和吕家庄社区的简介。

　　乔敬祖走到写着吕家庄简介的牌子前，认真地看着，那上面写着：吕家庄社区位于青威路东侧、正阳路南侧，社区共有居民298户，760人，党员52人，居民代表33人。现任社区"两委"成员6人，其中交叉兼职4人。2018年集体可支配财力980万元，居民人均收入25690元。

　　社区于2005年率先实施了旧村改造，居民已全部搬入设计新颖、双气齐全的新楼房。社区为居民投了医疗保险和养老保险，使居民生活无忧、老有所养、病有所医。居民小区内硬化、绿化、亮化、美化、净化配套设施齐全，并建有多处凉亭、假山、健身器材等娱乐设施。社区建有文化中心、健身室、图书室、阅览室、棋盘室配备齐全。小区治安实现了规范化管理，社区投资30万元对小区监控设施进行重装工作，社区投资50万元对小区单元门进行全面检查更换，以保障居民居住安全。社区投资80万元创建"阳光社区"，打造了高规格的文明实践站。大力开展形式多样、富有特色的群众性文体活动，开展扑克比赛、包饺子比赛、红色诵读、市民趣味运动会、纳凉晚会、一年两季的田园采摘、定期举办讲座交流会，丰富了群众文化生活，培育了社区文化内涵，增强了居民对社区的认同感和归属感，增强了社区的凝聚力和向心力，让社区群众的文明意识得到进一步的提高。

社区成功引进了家佳源和利群等大型商场落户，每年为社区增加可支配收入120万元。2012年上半年引进了丰田启辰4S店，每年为社区增加可支配收入100万元；2012年，社区投资1500余万元建设中冶圣乔维斯幼儿园，该幼儿园建筑面积1460平方米。中冶圣乔维斯项目网点3200余平方米，作为固定资产招商租赁，每年为社区增加可支配收入近200万元。随着利群、家佳源商圈的日益繁荣，商圈周边小商小贩日益增多。社区成立了吕家庄夜市，将游商浮贩纳入夜市统一经营、统一管理。2018年吕家庄夜市拥有摊位600余个，涵盖了小吃美食、特色产品、首饰玩具、服装鞋帽等几十余种业态，成为城阳区"夜经济"的一张靓丽名片，每年为社区增加可支配收入300余万元；同时，解决了社区居民的就业和增收问题，成为社区长远稳定发展、居民持续增收创收的有力保障。

吕家庄社区两委坚持党建引领、创大业争一流意识，牢牢树立公仆意识，廉洁勤政，服务人民群众，密切党群关系，继续发挥党组织战斗堡垒作用，发挥共产党员的先进性，以"阳光城阳"为契机，不断完善各项管理制度，建立运转高效、规范有序的内部控制制度。社区做实资产资源管理，完善"三资"管理制度，做细财务公开，主动开展"亮家底"活动，给居民吃上"定心丸"。今后，吕家庄社区将继续坚持可持续发展理念，深入贯彻落实党的十九大精神，不忘初心，牢记使命，向着阳光社区的目标继续奋进，打造好城阳乡村振兴"富春山居图"。

崔军明也凑上前，看了一遍，然后，两人沿楼梯上了二楼。

吕良智书记早已在楼梯口迎接，他个头不高，一头稀疏的头发，额头很宽，圆脸，一双闪闪发光的眼睛，很慈祥、很热情，看上去比实际年龄年轻四五岁。崔军明一见到吕书记便想起了 20 年前见过的一位老书记，山色峪村的支部书记——张山。他也是个头矮矮的，圆脸，只是肤色黑黝黝的。只是张山书记表情很冷峻，像山色峪三面耸立的高山。他的这种表情也是大山里贫穷落后面貌的一种折射。他也干了几十年书记，一直想方设法带领山谷里的父老乡亲脱贫致富，但是山沟沟的自然环境限制了他的理想的实现。20 年前的山色峪才刚刚解决温饱问题，村里的孩子还要走出山谷十多里路去山外的学校上学；村里的路也很窄，坑坑洼洼的，车进车出很困难。老书记靠领着山里人养鸡、养羊、种果树，改变了山沟的落后面貌，修了从山里直通镇上的柏油马路，建了矿泉水厂，山色峪开始走上富裕的道路。张山书记干到 70 多岁才从书记的岗位退下来，他的侄儿张云峰接了他的班。这可不是家族世袭，他们村一共不到 100 户人家，几乎都姓张，也就是说谁来接班，都跟他有家族关系。张云峰上任后，把山沟里的路扩建成沿着山谷流出山谷之外的河流两岸的环行路，进山出山十分便利；同时，开始大面积改种樱桃、苹果、桃、杏等果树，办起了樱桃节、苹果节，又带领村民办民宿、农家宴酒店，山色峪成了青岛市民郊游和周末休闲出游的网红打卡景点，村民都富裕了起来。山色峪的矿泉水也遍布青岛各地。均鸣看到吕良智书记的办公室里用的也是山色峪的矿泉水。

　　落座之后，吕良智叫来村委一男一女两位村干部，女的50多岁，秀气又干练；男的不到40岁，很沉稳。他们相互介绍认识以后，吕良智亲自给两位客人斟上茶，女村干部又端起装着杠六九西红柿的果盘让两位客人品尝。乔敬祖咬了一口西红柿，细品了一下，说："好吃！甜中带点微酸，真清爽。这是我吃过的最好的西红柿。"他吃了一个又吃了一个。崔军明也脱口赞叹："好吃，尝到了小时候的味道！"崔军明只吃了一个，便掏出香烟，问："有烟灰缸吗？"吕书记说："不好意思，没有，最近正在检查文明城市，办公室不准抽烟。"崔军明笑笑，将香烟放回口袋，问："我看你们楼梯道墙上的标语，内容和形式都很不错，想了解一下你们是怎么做好利民之事的。"

　　吕良智略一沉吟，道："群众利益无小事，一枝一叶总关情。这是我们工作的根本，当了40多年的村书记，我觉得当领导的只有心里装着群众，真心真意、一心一意地为群众，才能把事业干好。"吕良智的话匣子一打开便滔滔不绝。他说到关

键处，总是会果断地挥下手。在一个村支书的岗位上干了40年，他如数家珍，述说着吕家庄的过去、现在和未来。在谈及有关群众利益的事情时，他很自豪地说："咱吕家庄一个光棍没有，为什么？居民的工作好、福利待遇好啊！2020年，社区集体可支配收入是2000多万元，其中一半用于改善民生。有了钱就得花在大家身上。1991年，吕家庄实行新合作医疗制度，只要是村里人，每个人每年交10块钱，个人的医疗费用全部报销。签约当日，村里张灯结彩、锣鼓齐鸣，村民喜笑颜开、欢呼雀跃。每年社区邀请区卫生服务中心医务人员为60岁以上的居民进行免费健康查体，建立健康档案。社区的百岁老人一年额外补助12000元。社区居民每人每季度发放购物卡260元，中秋节和春节每人发800～1000元，年底还给每个居民分红。对考上高中及大学的学生给予3000元和5000元的奖励。每月给予年满50周岁男居民、满45周岁的女居民400～700元的补贴。水是生命之源，咱们社区的自来水全是纯净水，每人每月还免费赠送4张矿泉水大桶水水票。咱社区里的人生活过得越来越好，社区还经常组织各种文体活动。"

"难怪现在很多从农村进城的人都想方设法地把户口迁回故乡，原来有这么多好待遇。"崔军明感慨道，又问，"咱们社区从哪儿收入这么多钱呢？"

"一是咱跟家佳源和利群商场都是合资关系，当年我们以土地参股，每年都有红利；二是我们保留了很多门头房，这些门头房每年的出租收入都是社区的；三是咱们的夜市出租摊位收入也不少。可以这么说，我们留下的家产全村人再下去50年甚至100年也够吃够喝，这个就是可持续性发展。"他说着走到办公桌前拿起一个奖状，说："你们看，这是刚领回来的"山东省就业创业工作先进个人"奖状，咱吕家庄社区的人没有一个失业待业人员，大部分人在家佳源和利群上班，少部分人租了社区的门头当了小老板，还安排外来务工人员数千人。"

乔敬祖一直静静地倾听着，他插话问道："吕书记，咱们这儿像你们这样富有的村庄还有吗？"

"有，不少村庄现在都叫社区，跟我们的富裕水平差不多，像城阳社区、大北曲、小北曲……"他一口气说了七八个社区。

崔军明好像突然记起了什么，问："女姑口村怎么样呢？"

"也很好，他们开发得晚一点，不过发展很快。"

"那里有座山，叫女姑山。小的时候，我家东邻的二婶娘家是女姑山的。那时候交通不便，感觉女姑山很遥远，又听那很有仙气的名字，更感觉女姑山像梦一样遥远。

那时候，二婶的两个弟弟每年过年和春秋季节都来看望他们的姐姐。他们都是出海打鱼的渔民，每次都会带来时令海鲜和水果，这使我更感觉女姑山是遥远的大海中一个仙山蓬岛了。

二婶的小弟弟是个很健谈的小伙子。他一来，我在家里便会听到他粗声高嗓的说话声，也闻到了海鲜的味道。嘴馋是我忍不住来二婶家的一个原因，更重要的原因是我叫他小舅，我喜欢听小舅讲那些关于大海、龙王、鲨鱼与女姑山的

传奇故事。

从他的嘴里我知道，女姑山是一座海拔高度不到百米的小山丘，面积也就半平方公里大，但是"山不在高，有仙则灵"，女姑山是一座仙山，是当地人眼里的圣山。

原来这座山早在商周及战国时就已是一处重地。山上有一'点将台'，台上还有一庙，庙里供奉着女神仙。她原是《封神演义》中赵公明的妹妹，因她美丽善良，像菩萨一样救护众生，当地百姓便尊称她为女仙姑，并为她建了庙。公元前93 年，汉武帝东游泰山，初夏来到不其城（也就是现在的即墨、城阳四周），在这建了天子宣明政教的场所——日月堂；又下旨在女姑山山顶点将台旁修建了女姑祠，建起了殿宇雄伟的龙王庙"太公仙人祠"，举行了祭天大礼，祈求天下太平、风调雨顺。

那一天是农历六月十三日，自此，每年的六月十三日便成了龙王的生日。

龙是中华民族图腾的象征。它是虾眼、鹿角、牛嘴、狗鼻、鲶须、狮鬃、蛇尾、鱼鳞、鹰爪等九种动物特征合而为一的形象。在中国人眼里，龙腾云驾雾，上天入水，变幻无常，呼风唤雨，开河移山，法力无边，是权势、高贵、尊荣、智慧、勇猛的象征。

龙在女姑山人的眼里更是被视若神明。

每年的六月十三日当地居民都要举行丰富多彩的祭祀龙王的活动，自古一直延续至今。

村民们一大早就来到女姑山上，烧香敬佛，请僧人诵经念佛，诵读祭文。人们知道龙王好热闹，便专门搭了戏台子，请来唱京剧、柳腔的戏班子，一场接一场地唱大戏，一整天人山人海的。

最奇异的是，这一天，山南面，距龙王庙五六里远的海湾里，成群结队的鲸、鲨鱼浮在海面上，头朝着女姑山，翻腾跳跃撒着欢，给龙王祝寿。这些大鱼一年四季只这一天来这里，平常都不见影儿。

我小舅当时越说越来劲，信誓旦旦地说：'龙王非常神，我们这里祖祖辈辈出海打鱼，多少年了，从来没有一个人出过事故，不管多大风浪都能平平安安地回来，我们心里很清楚，这都是托龙王的福，是龙王在保佑。'他说，他见过龙，好几次就在海湾子的上空，龙幻化成云彩显形，常常从天上飞过。

一晃30多年过去了。我一直没到过女姑山。不过，女姑山一直像一个如梦如幻的仙山蓬岛一样在我心里。"

崔军明说得绘声绘色，几个人听得入了迷，不觉已到午饭时间。崔军明看了下表，说：

"好吃饭了，吃完饭烦请书记带我们去女姑山看看。"

中午吃饭的时候，他们边吃边聊女姑山。吃过饭，吕良智带他们来到女姑山下。

山的确不高，顶多有七十米高，像个大馒馍一样盘踞在那里。

他们登上山，举目四望，田野村舍像流水一样漫向四野，东面数十公里处，群山陡然耸起，像水墨画一样美丽、连绵不断，那便是著名的崂山。东南田野村舍的尽头，是群楼如山的城市，西北三座桥飞架海面，正是红岛环胶州湾公路大桥。西南，山下整个儿是一片热火朝天的工地，青岛求实职业技术学院安静地坐落在山下。再往外，临近大海，星河湾城一期秀美的高楼鳞次栉比。海面上，一架长桥隐隐约约地像彩虹一样架在海天之间，那便是胶州湾跨海大桥。桥的上空，湛蓝的天上，一片片白云横在空中，像一条腾飞的巨龙。

山很静，正是秋季，阳光洒在山上的枣树和柏树上，闪着纯净的光亮，红紫色的山枣儿更是光亮得迷人。

山顶上的庙已不存在，但是庙的根基还在，一块块砖石安忍地躺在那里。

吕书记说："周围的村民早就着手重建女姑庙和龙王庙了。等庙建好后，你们再来看看。"

"好！好！"崔军明连声应着。

尾声

"桃源在何许？西峰最深处。不用问渔人，沿溪踏花去！"

桃源河发源于即墨桃行，由北向南经城阳区赵家堰社区进入城阳，流经上马、河套汇入大沽河，城阳区境内全长 7.4 公里，流域面积 48.6 平方公里。桃源河算得上是城阳的母亲河之一了。

他们的车出了上马街道，大自然的味道渐渐浓郁起来，公路两边是大片大片绿色的树和广阔的田野，偶尔可见一大片楼群，还有正在开发的土地，推土机在炙热的阳光下轰鸣……

一群工人正在施工拓宽一条名为龙源路的公路。他们沿着这条泥土飞扬的大道来到正在修建的桃源河大桥上。眼前，百米宽的河道，向东北西南方向蜿蜒着。数十公里水道两旁青青的芦苇荡茂密，收藏着阳光和鸟儿，就像布局河流的剪裁师将河水变得时窄时宽曲折蜿蜒，正如白居易写的"青芜卑湿地，白露沈寥天"所描述的一样，一片一片的，浩渺无际。大片大片的芦苇摇晃着发出沙沙的声响，绿油油的一片，显示着勃勃生机，引来百鸟朝凤。现在正是夜鹭、池鹭、白鹭、野鸭的繁殖期，野鸭从芦苇荡中钻进钻出，偶尔会有几只白鹭和白天鹅悠悠地扑闪着翅膀飞过水面、芦荡，一些叫不上名字的小鸟儿啁啾地鸣叫着，成群结伴地嬉戏着飞起飞落，一只只轻巧的飞燕也嬉闹着箭一样掠来掠去。桃源河南北两岸的大堤之外是一望无际的碧绿的稻田，其中大部分是袁隆平院士指导种植的海水稻田。稻田里的白鹭，时不时飞起，与天鹅、飞燕、苍鹭、灰鹤、野鸭和许多叫不上名字的鸟儿一起翱翔，成为一道道亮丽的风景。这片沐浴着灿烂阳光、绿意盎然的热土，美丽而辽阔。

他们开着车恋恋不舍地驶离桃源河。回程的路上，乔敬祖再次看到了那座凌空而起的高架桥。道路两旁的树木多了起来，一片红得像朝霞一样的紫薇吸引了他们的眼球。他们停下车，走近那片紫薇。在乔敬祖的印象中，紫薇只是一种花儿，然而，这里的紫薇是树，粗壮的枝干，弯曲着向上，姿态优美，在蓬勃生发的绿叶之上，绽放着紫红的像霞光像焰火一样的花儿。乔敬祖站在紫薇树林中，仰望着旁边一棵高大挺拔、高耸入云的白杨树，心中升起很多感慨：他要向桃源河畔的这片土地致敬，向这片土地上的山川、河流、田野、林木致敬，向这片土地上的勤劳、善良、勇敢、智慧的人们致敬。乔敬祖情不自禁地跪在这片土地上，向桃源河畔的这片土地上的山川、河流、田野、林木和可敬、可亲的乡亲们，深深地、深深地叩首致敬……